JN054973

■陸上自衛隊 軽装甲機動車
全長　4.40m
全幅　2.04m
全高　1.85m
総重量　4,500kg
乗員数　4名（＋1名）
最高速度　100km/h
行動距離　約500km
アンテナマスト
後部ラック
発煙弾発
ランフラットタイ
ブラックアウト・マーカー
ブラックアウト・ライト
フロントルーバー
防楯付き銃架
5.56mm 機関銃 MINIMI
ルーフハッチ
広帯域多目的無線アンテナ
吸気ルーバー
全周旋回ターレット
防弾ガラス
サイドウイン
圧延鋼板装甲
ブラックアウト・マーカー
牽引フック

アメリカ陥落２

大暴動

大石英司
Eiji Oishi

C★NOVELS

口絵・挿画　安田忠幸
地図　平面惑星

目次

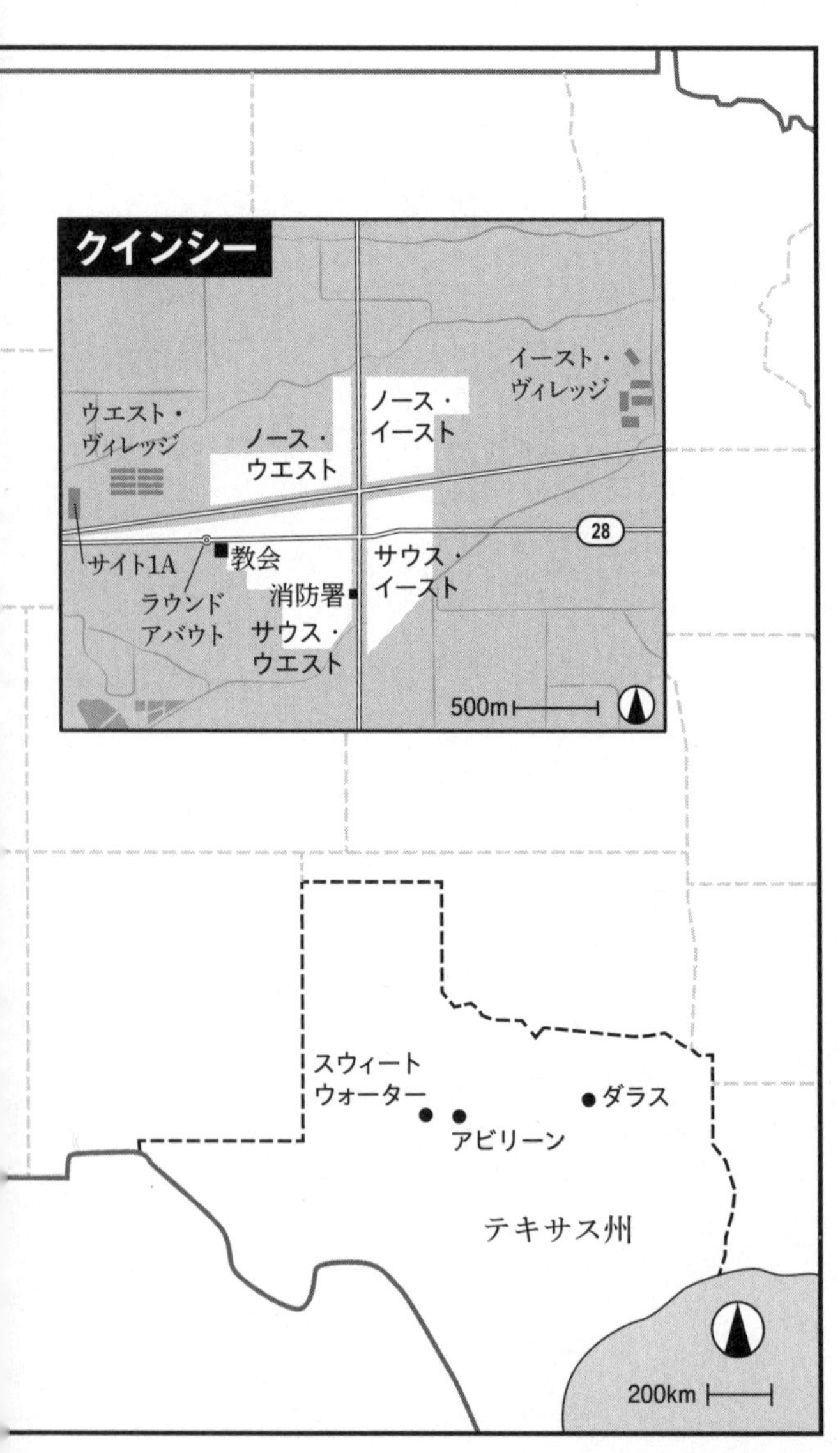
クインシー
イースト・
ヴィレッジ
ノース・
イースト
ウエスト・
ヴィレッジ
ノース・
ウエスト
28
サイト1A
教会
ラウンド
アバウト
消防署
サウス・
イースト
サウス・
ウエスト
500m
スウィート
ウォーター
ダラス
アビリーン
テキサス州
200km

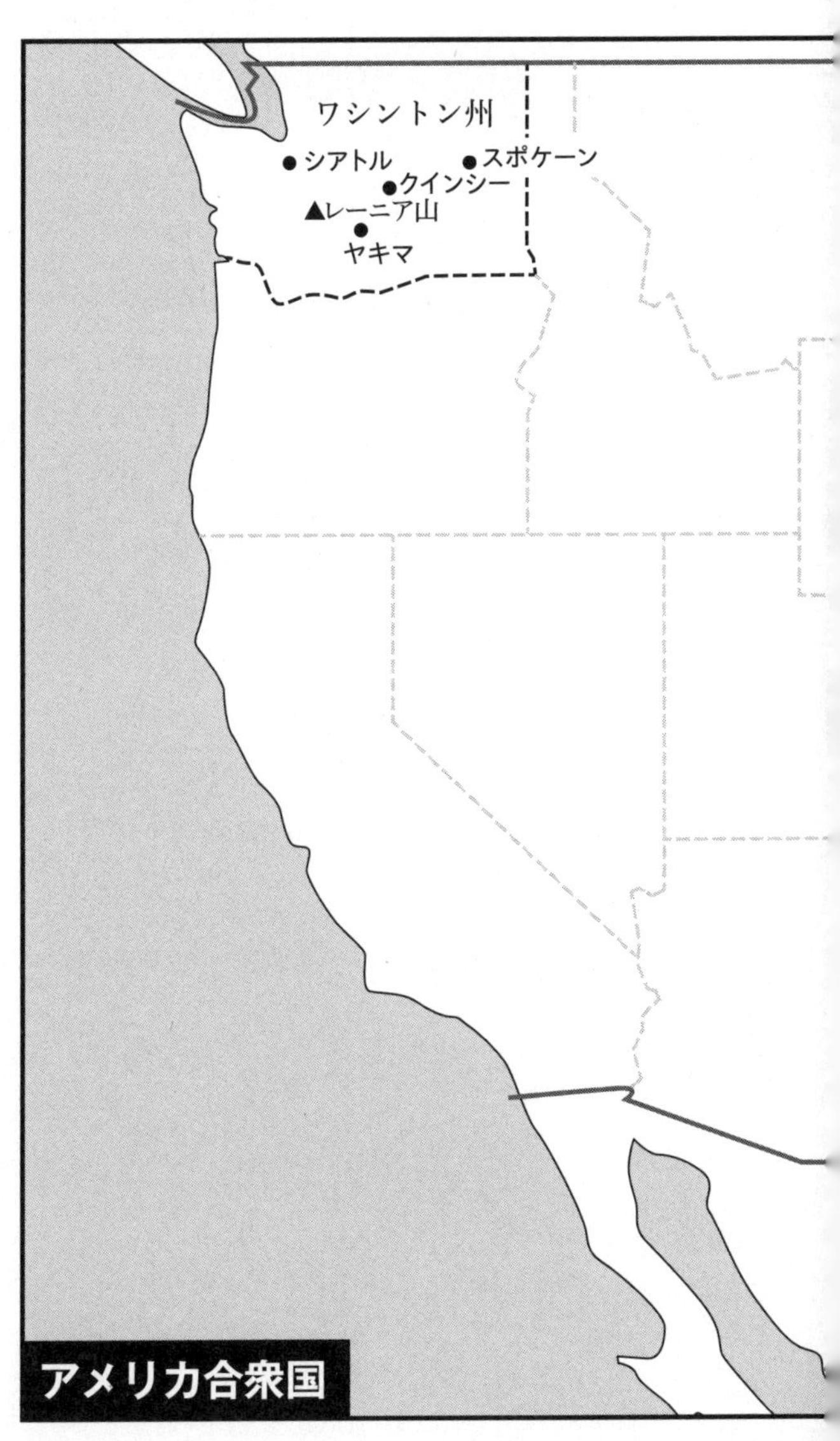
ワシントン州
シアトル
スポケーン
クインシー
レーニア山
ヤキマ
アメリカ合衆国

登場人物紹介

【日本】

●陸上自衛隊

《特殊部隊サイレント・コア》

土門康平　陸将補。水陸機動団長。

〈原田小隊〉

原田拓海　三佐。海自生徒隊卒、空自救難隊出身。

畑友之　曹長。分隊長。冬戦教からの復帰組。コードネーム：ファーム。

大城雅彦　一曹。土門の片腕。コードネーム：キャッスル。

待田晴郎　一曹。地図読みのプロ。コードネーム：ガル。

田口芯太　二曹。部隊随一の狙撃手。コードネーム：リザード。

比嘉博実　三曹。田口のスポッター。コードネーム：ヤンバル。

〈姜小隊〉

姜彩夏　二佐。元韓国陸軍参謀本部作戦二課に所属。

漆原武富　曹長。小隊ナンバー２。コードネーム：バレル。

福留弾　一曹。分隊長。コードネーム：チェスト。

由良慎司　三曹。ワイヤー（西部方面普通科連隊）出身の狙撃兵。コードネーム：ニードル。

〈訓練小隊〉

各務成文　三曹。母校の大学でレスリングを指導。コードネーム：フォール。

峰沙也加　三曹。山登りとトライアスロンが特技。コードネーム：ケーツー。

花輪美麗　三曹。北京語遣い。コードネーム：タオ。

駒鳥綾　三曹。護身術に長ける。コードネーム：レスラー。

瀬島果耶　士長。〝本業〟はコスプレイヤー。コードネーム：アーチ。

《水陸機動団》

司馬光（しばひかる）　一佐。水機団格闘技教官。

〈第３水陸機動連隊〉

後藤正典（ごとうまさのり）　一佐。連隊長。準備室長。

権田洋二（ごんだようじ）　二佐。準備室幕僚。

鮫島拓郎（さめじまたくろう）　二佐。第一中隊長。

榊 真之介（さかきしんのすけ）　一尉。第二小隊長。

工藤真造（くどうしんぞう）　曹長。小隊ナンバー２。

●海上自衛隊

〈第４航空群第３航空隊第 31 飛行隊〉

遠藤兼人（えんどうかねと）　二佐。飛行隊長。

佐久間和政（さくまかずまさ）　三佐。機長。

木暮楓（こぐれかえで）　一尉。副操縦士。

●航空自衛隊

〈第 308 飛行隊〉

阿木辰雄（あぎたつお）　二佐。飛行隊長。ＴＡＣネーム：バットマン。

宮瀬茜（みやせあかね）　一尉。部隊紅一点のパイロット。ＴＡＣネーム：コブラ。

【アメリカ】

●エネルギー省

魔術師（ソーサラー）ヴァイオレット　通称Ｍ・Ａ。Ｑクリアランスの持ち主。

レベッカ・カーソン　海軍少佐。Ｍ・Ａの秘書。

サイモン・ディアス　博士。技術主任。

●国家安全保障局（ＮＳＡ）

エドガー・アリムラ　陸軍大将。NSA長官。

●在シアトル日本総領事館

土門恵理子（どもんえりこ）　二等書記官。

●空軍

テリー・バスケス　空軍中佐。終末の日の指揮機（ドゥームズデイ・プレーン）〝イカロス〟指揮官。

スペンサー・キム　空軍中佐。ＮＳＡきってのスーパー・ハッカー。

［ワシントン州］

●陸軍州兵

カルロス・コスポーザ　陸軍予備役少佐。消防局の放火捜査官。

マイキー・ベローチェ　陸軍予備役少佐。

●ＡＴＦ（アルコール・タバコ・火器及び爆発物取締局）

ナンシー・パラトク　イヌイット族の捜査官。

●ＣＡＰ（シビル・エア・パトロール）

ジェシカ・Ｒ・バラード　空軍予備役大尉。〝ツイン・オッター〟のパイロット。

●ヴィレッジ

ヘンリー・リーバイ　工学博士。ヴィレッジ総括責任者兼サイト１Ａの施設長。専門はシステム構築。

ジョージ・トリーノ　サイト１Ａの警備主任。

タッカー・トリーノ　ジョージの息子。ドローンクラブ〝チェイサー〟の部長。

ベッキー・スワンソン　タッカーの幼なじみで〝チェイサー〟のメンバー。

ケント・サビーノ　世界の終末に備える人（プレッパーズ）。クインシー郊外在住。

●〝ナインティ・ナイン〟

フレッド・マイヤーズ　ＵＣＬＡの政治学准教授。通称〝ミスター・バトラー〟。

ジュリエット・モーガン　動画配信ストリーマー。通称〝スキニー・スポッター〟。

［テキサス州］

カール・Ｆ・リヒター　テキサス州知事。

●ＦＢＩ

ニック・ジャレット　捜査官。行動分析課のベテラン・プロファイラー。

ルーシー・チャン　捜査官。行動分析課。

●郡警察（ノーラン郡）

ヘンリー・アライ　巡査部長。アビリーン在住。

オリバー・ハッカネン　検死医。一度引退し、今はパートタイマー。

トシロー・アライ　元警部。ヘンリーの父親。ＲＨＫ事件に気付いた最初の警察官。

●その他

西山穣一（にしやまじょういち）　ジョーイ・西山。スウィートウォーターでスシ・レストランを経営。

ソユン・キム　穣一の妻。在日韓国人だったが、現在はアメリカ国籍。

千代丸（ちよまる）　穣一とソユンの息子。

【ロシア】

●民間軍事会社〝ヴォストーク〟

ヴァレリー・タラコフ　陸軍少将。

ゲンナジー・キリレンコ　陸軍大尉。

ワシリー・ドミトフ　軍曹。

アレクサンダー・オレグ　伍長。

【中国】

●人民解放軍海軍

・ステルス艦上戦闘機Ｊ‐35（殲35）　空母〝福建（フージン）〟（80000トン）

林剛強（リンカンチィアン）　海軍中佐。編隊長。TACネーム：老虎（ラオフー）。

陶紅（タオホン）　海軍大尉。部隊最若手の女性パイロット。TACネーム：雪豹（シュエパオ）。

アメリカ陥落2　大暴動

プロローグ

アメリカ北西部ワシントン州クインシー――。

ＦｅｄＥｘのコンテナ型配送車は、二重になっているゲートの真ん中付近でしばらく待たされた。後ろのゲートがいったん閉まり、前のゲートが開くまで、配送車三台分くらいの空間に停止を命じられた。隣接する従業員用駐車場を抜けて施設内に入る来訪者の車は、必ずそこでいったん停止する決まりになっている。

辺りは、ただの四角い建物が建ち並ぶだけだ。窓もなく、壁に会社名のロゴが入っているわけでもない。一見すると、何かの巨大倉庫のようにしか見えない。そこは、倉庫（ストレージ）には違いなかったが……。

殺風景な場所だった。三六〇度、見渡す限りの大地。巨大なプランテーションが地平線の遥か彼方まで続く。そして巨大な倉庫群。小さな街は、景気は悪くない。人口動態にたいして変化はないが、住民の年齢構成は比較的若い。

もちろん若者たちは、皆ここを出たがっているが、貧しいわけではない。むしろ全米の平均収入からすれば、高所得な部類だろう。

スペンサー・キム空軍中佐は、配送車から降ろされた巨大な段ボールを受け取り、受領のサインをタブレット端末に入れた。

まるで死体でも入っていそうなサイズの段ボール箱だった。三人掛かりで降ろす必要があった。

警備主任のジョージ・トリーノが、ドライバーとしばらく話し込んだ後、配送車は施設のゲートから、また同じようにして出て行った。

トラック二台が並列に止められるよう設計された巨大な車寄せの庇の下で、キム中佐は、「ドライバーは何だって？」とトリーノに尋ねた。

「まず、今日夕方の配送はもうない。飛行機はもう飛んでいないそうだ。民航機もほとんど飛んでいない。地上の配送網は、動いている所は動いているだろうが、ここの輸送はほとんどが空路に頼っているので、次の配送がいつになるかは全くわからない。ドライバーには、自宅待機の命令が出たそうだ」

「酷いな……。食料は、立て籠もり用の非常食があるから、従業員だけなら、十日や二週間はなんとかなるだろう。水の心配は要らないし、問題は電気だが、ライフラインを稼働する程度の自家発電は出来る。でも燃料を確認する必要はあるな。太陽光発電も合わせると、そんなに心配は要らないか……」

「問題は、従業員家族か。暴動がこんな田舎まで来るとなると、避難する場所なんてないぞ……」

「田舎じゃない。奴らは狙ってくるさ。スカイネット社はここクインシーから始まる、と書いている陰謀論サイトを見たことがある。僕がここに飛ばされた時、前任者から真っ先に警告されたのはそれだったよ。ここは陰謀論者にマークされているから、気を抜くなと。これが最後の便で届いたのは幸運だった」

キム中佐は、カッターナイフを出すと、その段ボール箱のガムテープを切って開けようとした。

「おいおい、ここで組み立てるつもりなのか？」

と施設長のヘンリー・リーバイ博士が玄関から出て来た。物腰穏やかな人物で、システム構築の専門家。普段は、自室に引き籠もって設備の維持と拡張に関する設計図を描いている。

「時間はあまりありませんよ。それに、当分は客人が訪ねてくることもない。視察団もね。上からは何か言ってきましたか？」

「いや、無理は言ってこないよ。全米各地で携帯網が落ち、停電し、トラフィックも極端に低下している。もし停電でシステムが停止するようなら、無理に維持する必要はないだろう。シャットダウンの用意をしている。それで、電力が戻った時に、慌てずに済む。ところで警備主任、〝ヴィレッジ〟内での連絡は大丈夫かね？」

「問題ありません。各サイトの警備班同士で、ウォーキートーキーのチャンネルを合わせるよう事前協議が出来ています」

「それって、暗号化されているわけではないよね？」

「それは仕方ないですね。暴徒に聞かれる可能性はありますから、簡単な符牒は、前もって決めてあります。そんなに心配なら、州軍の派遣を要請してはいかがですか？」

「本社経由でやっているはずだけどねぇ。あちこち炎上している状況で、平和な街に事前配備してくれとは言えないよね。じゃあ、後を頼む。私はスピーチの用意をしなきゃならない」

施設長が屋内に引き返すと、駐車場に古ぼけたピックアップ・トラックが入ってくるのが見えた。車を降りてきた二人の若者が、ゲートに向かってくる。トリーノは、ウォーキートーキーを出して、二人にテンポラリーバッジを渡して通すよう詰め所の警備員に命じた。

二人の男女が一〇〇メートルほどを歩いてくる。

「あれは、娘さんだっけ？」とキム中佐はトリーノに聞いた。

「いや、息子の幼なじみで高校の同級生だ。母親が肺癌でね。父親も早くに亡くして、ちょっと大変な時期だ……。父親とは古い付き合いで結婚式にも出た。一〇年前、工事現場の事故で……」

二人のそばまで来た息子のタッカー・トリーノが、かたわらのベッキー・スワンソンを中佐に紹介した。

「ベッキー、お母さんの具合はどうだい？」と父親が尋ねた。

「それが、三日前病院を追い出されたんです。たぶん暴動が起こるだろうから、都会の大病院は戦場になる。自宅に戻った方が良いからと」

「そうだったのか。なんで教えてくれなかったんだ？　車を出したのに」

「タッカーもそう言ってくれたんですけど、伯父が仕事を休んで連れ帰ってくれました。すみません、心配掛けて」

タッカーは、半分ほど開いた段ボール箱を覗き込んで、「スゲーや！――」と声を上げた。

「これ、〝HAYABUSA〟じゃないですか！」

「どこ製なの？　ベトナムとか？」

とキム中佐が尋ねた。

「空軍の将校なのに、知らないんですか？」

「何度も言うけどさ、僕はパイロットじゃないんで……」

「ハヤブサは日本語で、ファルコンのことを言います。メーカーは、本当は〝ファルコン〟と命名したかったらしいけれど、それはいろんな商品の登録商標として使われている。そこで、日本人から提案があったハヤブサにしたんです。メイドインUSAのドローンです。でも、バッテリーは日本製、プロペラ回りのモーター、舵を動かすモーターも日本製です。とにかく静かで高効率。ＥＯセンサー周りもたぶん日本製のはずだけど、制御系だけが、アメリカ製かな……」

「そんなに良い性能なの？」

「中佐は本当に知らないんですね。メーカーが、これを市場に出そうとしたら、国土安全保障省から横やりが入ったんです。スキャン・イーグル並の性能を持つドローンを、スキャン・イーグルの一〇分の一以下の値段で売るなと。あまりに高性能過ぎるから、法執行機関のみに売れと。これは、ＨＡＹＡＢＵＳＡ‐Ｇとあるから、法執行機関向けですね。ガバメントのＧが付いている」

「一般向けとはどこが性能が違うの？」

「メーカーさんは、もともとこれを、電磁耐性が強いドローンとして売り出したんです。いろいろ工夫をして。市場向けには、その辺りの性能を抜いたという話です。妨害装置に強いドローンはまずかろうということで。あくまでも噂ですけどね」

「それで、これを直ちに運用可能にして、できれば二四時間飛ばせるようにしたい」

「一晩くらい貰えますか？　組み立てと、マニュアルも読み込む必要がある。あと操縦とデータの送受信は、低軌道衛星を使っているはずですけど、ＳＩＭカードとか入っています？」

「問題ない。メーカーはこれをサブスク・ビジネスにしたいらしくて、すでに契約済みのＳＩＭカードが入っているはずだ。地上の携帯各社と、衛星会社も複数。滑走路は要らないんだよね？」

「はい。これはオスプレイと同じチルト・ローター方式です。後ろに一つ、前に双発のプロペラがあって、垂直に離着陸し、飛行時はそのチルト・ローターを九〇度前方に倒しながら水平飛行に入る。と同時に、この機体は、折りたたまれていた主翼を展開し、グライダーみたいなウイングスパンを確保することで、滞空時間を延ばします。上昇気流が得られるなら、それこそモーターを止めて気流に乗り、何時間でも飛び続ける」

　キム中佐は、ふう……、とため息を漏らした。

「ご近所さんにドローンの専門家がいて助かった」

「でもこのクラスになると、別にパイロットとか要りませんよ。オマケとして操縦用のジョイ・スティックも入っているはずですけど、基本はタブレットの画面で、中継点や高度を入力するだけで済みますから。それに、施設やヴィレッジの周囲を見張るだけなら、ちょっと大げさですよね？」

「できれば、街全体も監視したい。せめて半径五〇キロ圏内はね。ヴィレッジの周辺だけなら、クアッド・コプターがあるよ。タッカーが喜びそうな奴が」

「〝チェイサー〟の仲間を呼んで良いですか？　組み立てはともかく、マニュアルは分担して読み込んだ方が早い」

「構わない。仲間を呼んでくれ。州内ハイスクール・ドローン大会常勝クラブの腕を見せて貰うよ」

「あのう、これ、バイト代出ますよね？」

　とベッキーが聞いた。

「ああ。済まない。もちろん出るよ。軍から出しても良いが、会社の方が報酬をはずめるだろうかな、後で博士に相談する。軍からは、感謝状くらい出させよう。大学の願書を書く時に役立てるようなものを」

「ごめんなさい。うちちょっと金欠なので……」

「ベッキーは、大学は諦めて働くと言っているんだ」

「そりゃよくないぞ、ベッキー。君は、うちの息子なんかより遥かに成績が良いのに。難しい問題息子は、クラブ活動の仲間を一斉呼び出しして、ヴィレッジに駆けつけるよう命じた。

タッカーが部長を務めるドローンクラブ〝チェイサー〟（追跡者）は、ちょっとした有名クラブだった。ワシントン州内で開かれるハイスクールの競技会では毎年のように優勝し、隣接する街のイベントで撮影やデモ・フライトがあれば、バイトとして駆けつける。

ＩＴ会社のイベントがシアトルで開かれた時には、群制御によるドローン・ショーの演出を担当し、泊まりの宿泊費まで支給された。

購入する機体や整備費用の全てを、それらバイト代で賄えるほどだった。

タッカーとベッキーが庇の下で、分解されたドローンを段ボール箱から出していると、施設長の放送がスピーカーから流れてきた。

「……みんな、そのままで聞いてくれ。私は、サ

だけど、結論を急いじゃいかん。この暴動が落ち着いたら、ゆっくり考えよう」

「わかった。バイト代はなるべく日払いで出るようにするから」と中佐が慌ててフォローした。

「彼女、飛行プログラムとか自分で書くんですよ。空軍とか入ったら、大学に行かせてもらえないですかね？　中佐」

「そういう援助ももちろんあるよ、いろいろと。われわれで何か援助が出来るかもしれない」

タッカーは、スマホを手に取り、旗が立っていることを確認した。

「全米の七割で携帯がダウンしているのって本当なんですか？」

「だいたいそうだと思うよ。シアトルも電話が繋がりにくくなっている。ワシントンＤＣなんて、お役所と電話を繋ぐのもひと苦労だよ。都市は燃えているが、郡部の孤立化も始まっている」

イト1Aの施設長ヘンリー・リーバイ博士だ。今はたまたまヴィレッジの統括責任者も務めている。よってこの放送は、ヴィレッジを構成する各サイトにも流れている。

　すでに知っての通り、アメリカは混乱の中にあり、内戦の瀬戸際にある。暴動が各地で発生し、ここからほんの百キロのヤキマでも、昨日から軍と暴徒らによる激しい銃撃戦が繰り広げられたという話だ。詳細はわからない。われわれは、ここが平和であり続けることを祈っているが、知っての通り各サイトの警備班は、ピストル程度でしか武装していない。暴徒は軍隊レベルの武器で武装しているとのことで、もし襲撃を受けた場合は、抵抗はほぼ不可能だ。われわれは、その兆候をいち早く摑むために、最善を尽くしている。

　これから起こることに対しては、各サイトに用意されている〝石器時代（ストーン・エイジ）マニュアル〟に従って行動するように。ここでわれわれが守っているものは、アメリカの全てであり、人類の知の全てだ。だが、それはここだけにあるわけではない。いざという時は、速やかに避難して、自分たちの生命を守ってくれ。ヴィレッジには、現在二〇ヶ国からの技術者が派遣されており、様々な宗教宗派の人々が共に働いている。それぞれが信ずる宗教において、この平和が保たれるように祈ってほしい。私からは以上だ――」

　放送が終わると、ベッキーが「石器時代マニュアルって何よ?」とタッカーに聞いた。

「それはさ、つまりアメリカが石器時代に戻った時に、ここのリソースをどうやって守り抜くかを指示するマニュアルのことだよね」

「どうしてそんなものが必要なの? だって、石器時代に戻るということは、電気はもとより、半導体も生産できない時代ということでしょう?

そんな時代に、ここにあるデジタル・データを守っていったい何の意味があるのかしら？　独立宣言書ならともかく」
「意味はあると思うよ。いつか宇宙人が地球を通りかかった時、このヴィレッジに気付いて、地球人類がどんな文明を築いて、どんな理由で破滅したのか学べるかも知れない。火星人や金星人が過去に存在していたら、それがどんな文明で、どんな理由で滅んだか知りたいだろう？」
「そうかしら。私たち、こんなに派手に地球環境を破壊して、こんなに下らない理由で国を壊そうとしているのに。他の文明に遺して伝える価値があるとは思えないわ」

先の大統領選に関する各州の大陪審票決は、大方の予想を覆し、民主党優勢の結果となった。しかしことはそこで終わらず、自動的に合衆国最高裁へ持ち込まれることになった。最高裁は、共和党系判事が多数派なので、現職の民主党大統領の敗北は避けられなかった。

大陪審票決が出始めた頃から、全米で大規模なデモと衝突が繰り広げられていた。ワシントンDCでは、モールで民主共和両派が衝突し、警察は催涙ガスを撃ち尽くした。

国防総省始め、各政府機関の職員は首都からの脱出を余儀なくされ、ホワイトハウスも群衆に包囲された。今、ホワイトハウスを守っているのは、英国から派遣された海兵隊兵士だった。

ニューヨーク・マンハッタン島は、略奪の戦場と化し、都市機能は完全に麻痺し、島から出る全ての橋とトンネルが燃えるか封鎖状態だった。

そして西海岸の主要都市を含め、ほぼ全ての大都市が停電していた。意図的な送電網破壊による停電だった。

　全米各地、カナダ国境地帯では、放火による山火事が多発し、中西部では、竜巻被害が拡大していたが、この混乱で、被害の全容も摑めずにいた。

　共和民主の対立は軍内部にも深刻な影響を及ぼし、軍隊の出動にも支障を来して（きた）おり、全米の各地で、たまたま演習中だったＮＡＴＯ各国軍の部隊まで治安維持活動に駆り出されていた。自衛隊とて例外ではなかった。

第一章　さまよえるヲランダ人

エネルギー省が保有する終末の日の指揮機（ドゥームズデイ・プレーン）〝イカロス〟、ボーイング767旅客機は、大西洋沿岸部を離れてワイオミング州上空を飛んでいた。

　ともにエネルギー省高級幹部を乗せてワシントンDCを飛び立った国家核安全保障局（NNSA）のDC－9型機が謎の墜落事故を起こしたせいで、イカロスは、なるべく内陸部を飛んでいた。

　第一報は撃墜されたという情報だったが、真偽は定かではなかった。情報は混乱を極めていた。

　そのDC－9には、エネルギー省に七名しかいない最高核権限者、Qクリアランスを持つ一人が乗っていたはずだが、その一人の消息ももちろん不明だった。

　そしてこのボーイング767型機にも、もう一人Qクリアランスを持つ人物が乗っていた。ミライ・アヤセは、滅多に本名を名乗らないし、本名で呼ばれることも極端に嫌う。エネルギー省内では、暗号名の魔術師（ソーサラー）〝ヴァイオレット〟で通し、近しい同僚にだけ、M・Aと呼ぶことを許す。そして彼女がいない場所では、あの〝六〇〇万ドルの義手を持つ女〟と囁かれてもいた。

　実際には、エネルギー省が開発予算を提供している彼女の左腕の義手は、六〇〇万ドルより遥かに高かったが。

767型機のコクピット後ろに造られた静音ルームは、せいぜいニューヨークの地下鉄車内程度の騒音しかしない。数メートル離れた者同士が、がなり立てずに会話することが出来た。

前日から飛び続けている機体は、途中ヤキマに着陸し、自衛隊から食料の提供を受けた。搭乗するクルーや職員たちにとっては、それが一日、あるいは二日ぶりのまともな食事になった。せいぜい、冷たいピザの差し入れを覚悟していたのに、レトルトを含め、まともな食事が提供されたのは驚きだった。戦闘糧食ではなかった。

車椅子に座り、会議用テーブルで寿司を摘まむヴァイオレットは、左手の義手でメモを取りながらの食事だった。

彼女の秘書役のレベッカ・カーソン海軍少佐がマグカップを持って入ってきた。

「みんなの様子はどう?」

「ええ。お陰様で、皆まともな食事にありつけてほっとしています。私は、白身魚のソテーと、ライスカレーを食べました。懐かしかったですね。アツギ時代を思い出しました。ヴァイオレットはさすがハシの使い方が身についている」

「止してよ。あの仕事人間の父親が、私に箸の使い方なんて教えてくれたと思う? 昔の義手は、フォークすら持てなかった。だから私は、右手一つで何でも食べられるお箸で食事するようになった。アメリカ社会で箸文化が広がらないのは不思議だわ。それで?」

「はい。DC‐9の撃墜ですが、近くを飛んでいたビジネス・ジェット機のパイロットの目撃談が大元のようです。ミサイルの航跡を発見し、遠くで何かが爆発するのを見たと。海軍出身のパイロットだそうです」

「墜落現場とか確認したの?」

「国家偵察局(NRO)が、衛星で残骸を確認しました。残念ながら、現場付近にドローンや戦闘機を飛ばす余裕は軍にはないそうです」

「地上から肩撃ち式ミサイル(MANPADS)で狙って届く高度ではない。となると、敵の戦闘機か、味方の戦闘機によって撃墜されたということよね？」

「事実上の飛行禁止命令が出ているので、友軍機による攻撃の可能性はありません。残念ですが、敵の、恐らくはステルス戦闘機でしょう」

「中国海軍の空母？　なぜ非武装のエネルギー省の機体が狙われたの？」

「Qクリアランスを持つソーサラーの暗殺を狙った可能性があります」

「意味ないわ。まだ六人もいるし、私を除いた五人は、まだ首都周辺でしょう。全員は殺せない」

「そうですね。引き続き調べます」

「ところで、この機内から〝ミダス〟を使える？」

「国家安全保障局(NSA)の〝ミダス〟でしたら、衛星経由で回線は繋げられるはずです。ヴァイオレットには、〝ミダス〟を使う権限があります。ただ、動いているでしょうか？　あちこち回線も切断され、電力も落ちていますから」

「試してみるしかないわね。例のロシア人グループ、傭兵会社〝ヴォストーク〟のコマンドが持っていたメモに気になるワードがあったのよ。どうも引っかかる。英語で〝砦(フォート)〟というワードが何回か出ていた。彼らが活動していたワシントン州周辺で、砦に該当するような場所があるかどうか知りたいの」

「あの辺りで砦となると、先住民の砦とかでしょうか？　回線を繋げられるかどうか、バスケス中佐に聞いてきます」

　カーソン少佐は、マグカップを置いたまま静音ルームを出ていった。ドアを開けた途端、ゴー！

と唸るようなエンジン音が室内を圧する。どうかするとこの部屋では、自分が高度三〇〇〇〇フィート上空にいることを忘れがちになる。

ヴァイオレットは、最後に残しておいた海老の寿司を食べた。全く、生魚を乗せたご飯を冷凍して保存し、それを寸分違わない食感の寿司として常温に戻して食べるなんて、日本人はなんて馬鹿げたことにエネルギーを費やすのだろうと思った。

この機体の指揮官であるテリー・バスケス空軍中佐がラップトップを抱えて入ってきた。

「中佐は何を食べたのかしら?」

「私は、ちょっと忙しかったので、NAV・COM席で立ったままハンバーガーを食べました。素晴らしいですね! まるで作りたてのハンバーガーでした。それで、NSAの窓口に尋ねた所では、〝ミダス〟は動いてはいるが、レスポンスは遅いし、精度も保証できないということでした。〝ミダス〟のことはよく知らないのですが、民間の生成AIとは違うのですか?」

「アルゴリズムは似たようなものよね。最大の違いは、民間の生成AIは、基本的に公開情報しか参考にできない。〝ミダス〟は、NSAが収拾した世界中の公的機関、政府、私企業、軍隊の極秘情報にも当たって、その答えを出す。だから〝ミダス〟が出したテキスト情報は、厳重に秘匿する必要がある」

バスケス中佐は、ラップトップをヴァイオレットの正面に置き、そのカメラで、ヴァイオレットの右目で虹彩認証を行った。

壁際の大型モニターに、ウェルカム・メッセージが出た。

「〝ミダス〟へようこそ! お久しぶりです、M・A――」と出ていた。

カーソン少佐がそのラップトップを預かり、質問事項を打ち込むと、〝ミダス〟は、しばらくしてワシントン州に点在するネイティブ・アメリカンの居留地や、過去に征服者との戦闘が発生した場所をマーキングした地図を表示した。二〇〇箇所近くにも上った。

「比喩としての〝砦〟も列挙させて頂戴」

次に出て来た情報は、あっという間に万の単位に膨れ上がった。

「地域の野球チームの練習場から、ドラッグの売人の隠れ家まで上がってますね……。絞り込むのが大変そうです」

「そのデータをセーブして、いったんオフラインにして下さいな」

「了解です。ＤＣ‐９の件、〝ミダス〟に聞いてみますか？」

「ああそれね、止めといた方が良いわ。〝ミダス〟が開発された当時、ＪＦＫ暗殺犯は誰か？　とか、エリア51に宇宙人の遺体が隠されているのは事実か？　とかの質問が相次いだのよ。職員の暇つぶしに。だから、プログラム開発部隊は、この〝ミダス〟に安全策を講じた。〝ミダス〟は自ら、その問題に答えるのは微妙だと判断した国家安全保障上の質問には答えない。とりわけ自国内の、政府が長らく隠蔽してきたと世間が邪推するテーマに関しては、ほぼ喋らないことになっている」

「それは残念だ。それで、ＪＦＫ暗殺犯は誰なのか、最初の頃〝ミダス〟は答えたのですか？」

とバスケス中佐が尋ねた。

「いいえ。なぜならあの事件の資料には、議会の秘密報告書を含めて、デジタル・アーカイブされていないものが多い。〝ミダス〟は答えられなかったそうよ。中佐、そのＤＣ‐９の墜落事件が気がかりです。搭乗員名簿と、何を乗せていたのか調べて下さい。あと、西海岸を恐らく中国海軍の戦闘機が傍若無人に飛び回っていることに関しても、軍としてきちんと対応出来るようにしてもらわないと」

「了解です。DC‐9の件は、自分も怒っています。それをやってのけた敵に対してではなく、それをむざむざ許した空軍海軍に対して。事実が判明したら、必ず誰かに責任を取らせます」

モニターがPCの画面から外の景色に切り替わる。垂直尾翼付近に取り付けられたカメラで、胴体と両主翼ごしに外の景色が見えている。地上はガスっていて良く見えない。頻発している山火事のせいだった。

このイカロスを護衛する戦闘機の黒い影が、前方に蝿のようなサイズで映っていた。まるで、この機体はさまよえるヲランダ人だな……、とミライは思った。向かうべき場所も、降りるべき安全な空港もないのだ。

都市部の空港はだいたい閉鎖されている。まず停電で空港業務、管制業務が停止した。それでも勝手に飛び立つ航空機は後を絶たなかったが、やがて一通りいなくなると、無人の旅客機が残された。

テキサス州のダラス・フォートワース空港のように、まだ電力が安定している空港には、全国から避難してくる富裕層のプライベート・ジェットが殺到したが、空港閉鎖の管制の指示を無視して突っ込んで来た機体が、操縦ミスで、エプロンに並んだ旅客機の群れに突っ込み、大爆発を起こして今も炎上を続けていた。

全国規模に発展した大暴動から逃れようとする市民や外国人居留者は、陸路で国境へ向かうしかなかった。メキシコか、あるいはカナダか。シアトルの住民の半数はすでに隣接するバンクーバーへ脱出している。そのせいで、住民が減ったシアトル市内では、略奪行為が横行していた。

避難民は、シアトルからレーニア山系を経由して東へも進み、略奪者たちも、それを追い掛けつつあった。

ワシントン州アメリカ陸軍ヤキマ演習場で訓練中に災難に巻き込まれた陸上自衛隊水陸機動団一個連隊も、この混乱に同盟国軍として協力を求められた部隊の一つだった。

最初は、治安維持のためのパトロールに協力するという話だった。銃は持ってもまず発砲することはない。ところが、ロシア兵と思しき少人数グループが放火して回っていることがわかり、早々に発砲する羽目になり、さらに消火活動のために、夜間に危険な空挺降下をやってのけた。

そして最後は、彼らを解放軍兵士と勘違いして襲撃してきた暴徒と、森の中の飛行場を挟んで撃ち合い、危うく全滅しかけた。

もう一〇分、特殊作戦群の到着が遅ければ、全滅は避けられなかった。

陸上自衛隊は、演習場のゲスト部隊用宿舎の会議室に、指揮所を立ち上げていた。〝在留邦人救難任務部隊〟という正式名称を与えられていた。

指揮を執るのは、第1空挺団・第四〇三本部管理中隊、その実特殊部隊〝サイレント・コア〟を率いる土門康平陸将補。部隊としては、サイレント・コアの二個小隊と、新編水機団連隊として立ち上がる途中だった水陸機動団・第3水陸機動連隊の一個中隊だった。

更にもう一個中隊が、アラスカまで空路前進中だった。

ホワイトボードの前で、外務省の土門恵理子二等書記官がブリーフィングを続けていた。

「……それで、シアトルには常時一万一千人を超える在留邦人がいるわけですが、避難を望む五〇〇〇人が、すでに空路で脱出しました。外務省の意思確認では、二〇〇〇名ほどが、いざとなったら陸路でのバンクーバーへの避難を考えているそうですが、幸い空港機能はぎりぎり保たれているので、この二〇〇〇人についても、空路での避難が可能なようエアラインと調整中です。お隣のバンクーバーは、シアトルの倍以上の邦人が暮らすので、向こうにも総領事館はあります。そのスタッフが国境地帯まで近付いて情報収集した所では、時々国境線の向こうから銃撃音も響いて、陸路での避難は推奨しないということでした。西部カリフォルニア州はすでに携帯網もダウンしたので、状況はわかりません。空港機能も麻痺しているので、脱出しそこねた邦人は、しばらく自宅で立て籠もるよう要請しています。東部地域も似たり寄ったり。南部に関してだけは、テキサス州はまだ電力も携帯網も生きているので、近隣州に暮らす邦人には、安全を確保しつつ、ダラスを目指すよう伝えてあります」

「ダラス・フォートワース空港は、今炎上中だよね?」

と父親は突っ込んだ。

「複数ある巨大なターミナルの一つが燃えているだけで、いずれ鎮火するでしょう。テキサス州の治安自体は維持されているから、いずれ空港も再開されます。その間、避難してくる邦人をどこかの体育館なりに収容して凌ぎます。それで、外務省が欲するのはまずヘリコプターです。収容人員が多くて、高速で飛べるヘリ」

「君ら、こんな無茶を一日中、聞いていたのか?」

と土門はうんざりした顔で第3機動連隊の幹部を睨んだ。

「戦闘機ならともかく、ヘリなんてさ、オスプレ

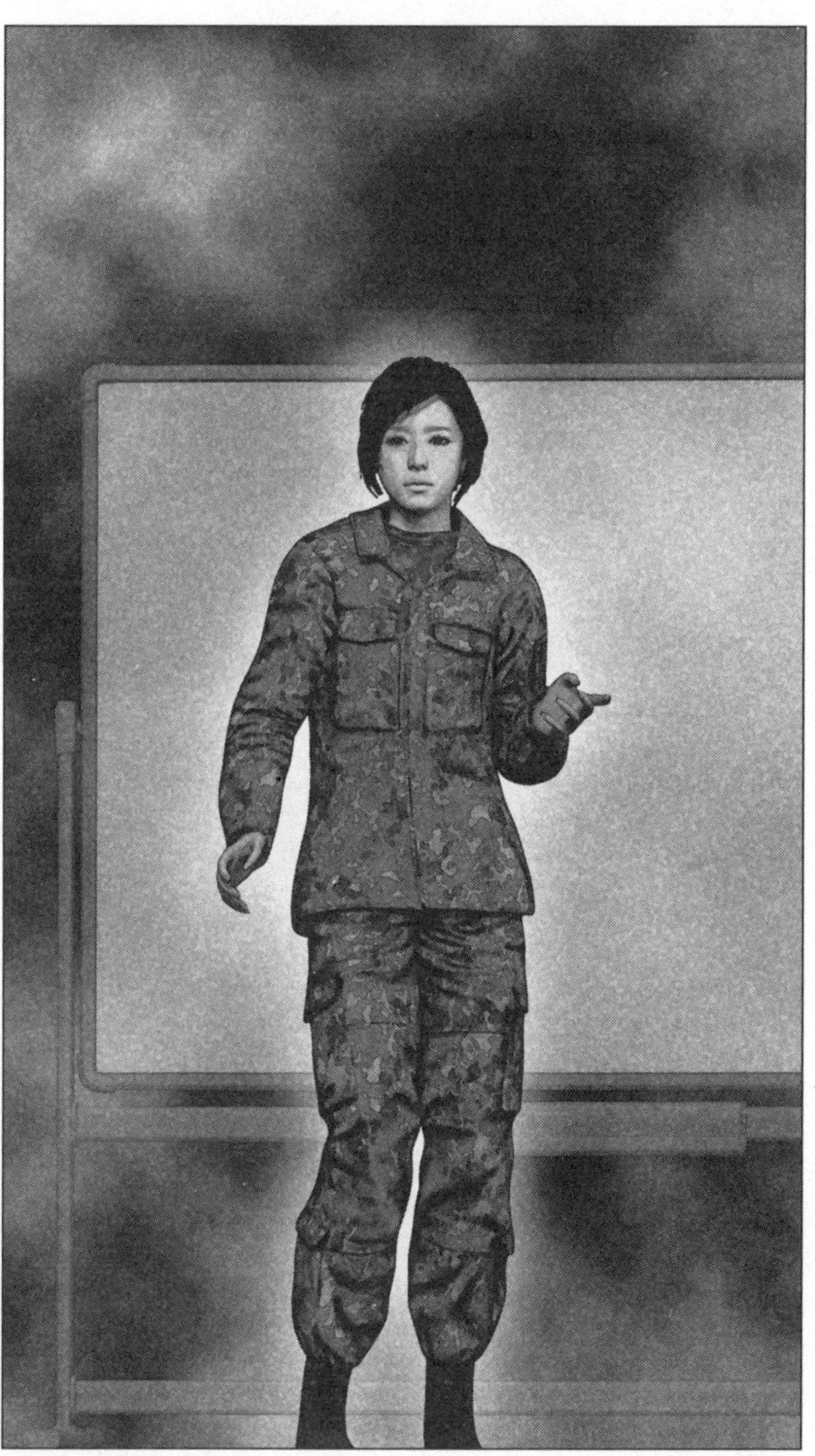

イだって太平洋は飛びきれないぞ……」

「テキサス州のベル社の工場で、日本への搬送を待ってテスト・フライト中の機体が二機います。分解して海上輸送するそうだけど、勿体無いからそのまま使いましょう」

「それは誰が決めたんだ？」

「外務省です。すでに防衛省は了解し、パイロット・クルーと整備士を乗せた民航機がシアトルへと向かっています。メーカーさんは、ここまでなら飛ばしてくれるそうです」

「塗装もまだなのにか？」

「それも確認しました。下処理は終わっているので、解放軍機と間違われずに済むよう、大きな赤い日の丸を胴体にペイントするよう要請しました。サービスとしてやってくれるそうです」

「どうして事前に一言、相談がないんだ？」

「だってパパはその頃、まだ機上の人だったから」

「人前でパパは止せ！——。陸自航空隊は、そんな無茶なことを了解したのか？」

「だってあの人たち、陸幕に対して発言権ゼロだっていつも言っていたでしょう？　陸幕が命令したら従うまでよ。あと、CH‐47に関しても、いろいろ策を練っていますから」

「あの……、陸将補——」

と第3水機連隊を率いる連隊長の後藤正典（ごとうまさのり）一佐が、口を挟んだ。

「経緯はともかく、オスプレイにせよCHにせよ、それなりの航続距離と、収容能力を有する味方のヘリがいてくれるのは助かります。都市部で孤立した邦人をピックアップしてひとまず安全なエリアまで後送できる」

「出来ると言ったってさ……。全米に留まる邦人の総数はどのくらいなんだ？」

「一応、友邦国の手前、外務省として事前に避難を呼びかけることが出来ませんでした。なので、まだ二〇万から三〇万人、ちょっと正確な数はわからないわ。ある程度は自力で脱出してもらうしかない。ラジオがあるならNHKの短波放送。ネットが繋がるなら、それで避難場所を指示してますけれど……。シアトル在住者のように、空路がまだ確保され、陸路で隣の国に避難出来たのは幸運なケースでしょう。サンディエゴから南へ逃げると言った所で、メキシコ政府は、国境を封鎖しているから、不法移民が越境した砂漠を逆に越境する羽目になる。着いた先では、追い剝ぎが待ち構えているそうだから」

「だいたい変だろう。大陪審がどう転ぼうが、全土で暴動に発展することはわかり切っていた。なんで事前に避難勧告を出さなかった？」

「日本の外務省がアメリカの治安維持能力を疑うような真似は出来ないでしょう。それに、暴動に乗じて、何者かが送電網を破壊し、更にロシアの潜入工作員が全土で山火事を起こして歩くなんてことも想定外だった。日本でだって起こることよ。ほんの数十人ものコマンドを送り込んで、鉄塔や変電所を効率的に破壊すれば、半日で首都圏の電力を落とせる。携帯はそこから半日で使えなくなり、都市機能は二日間でブラックアウトするわ。そりゃ、暴動まではいかないでしょうけれど」

「われわれは何をすれば良いんだ？」

「シアトルやポートランドの治安回復に貢献できるとは伝えましたが、州軍で対応出来るということです。それより暴動が西岸部からカスケード山脈を越えて内陸部へと拡大する恐れがある。ヤキマの空港はこの辺りでは貴重な存在で、もちろんその広さから陸軍基地も失いたくない。しばらくはヤキマ周辺の治安維持に当たってほしいとのことです。オスプレイやそのクルーが到着するまではまだしばらく時間が掛かるでしょう。部隊は交替で休憩させ、同時に、郡警察や州兵と協力してパトロールに当たってほしいそうです。外務省では、孤立して救援が必要な邦人のリストを作っています。オスプレイが使えるようになったら、直ちに救援任務に飛んでもらいます」

「良い考えだと思います。ヤキマの空港なら、演習場の滑走路より遥かに長い。日本から飛んできた輸送機や民航機だって運用できる。あの空港を守り切るだけでも価値があります。万一、シアトルが陥落しても、ここまで辿り着けば、邦人を脱出させられる」

後藤が賛成した。

「それは良いが、うちの部隊を足すとしても、たかだか一個中隊でヤキマの街も空港もと守り切れないぞ。アラスカに向かっているもう一個中隊をこっちに回す必要がある」

「外務省としては構いません。アラスカはアラスカで不安なので、水機団もう一個連隊を民航機をチャーターして向かわせます。何かあった時にも便利でしょう。ほんの三〇〇〇キロならすぐ呼べる。すぐ手配させます」

恵理子がメモを取り、衛星携帯を持って席を外した。

「優秀な、お嬢様ですね……」

「いいよ、お世辞は。君らが苛ついたのは良くわかる。それが一番良く理解できるのは私だからな……。空港にひとまず一個小隊を派遣してくれ。うちも一個小隊出す。ここはまあ陸軍基地だから、そう簡単に襲撃は受けないだろうし、基地の部隊でも応戦できる。君らは昨日から寝る暇もなかった。きちんと休息を取ってくれ。われわれが持参したスキャン・イーグルも合わせると、今は四機も運用できている。それを効果的に使おう。運用は、監視を含めて特戦群に任せれば省力化も出来る。無線機は余計に持ってきたし、電気はいつまで持つかわからないが、空港は自家発電装置があるだろうし、ここは軍事基地だから、電気が落ちることは承知の上だろう。携行食もあり、弾薬は米側から貰える。昨夜みたいな大立ち回りはもうないだろう」

　アルコール・タバコ・火器及び爆発物取締局のナンシー・パラトク捜査官が顔を出して土門を呼んだ。

　通路を挟んだ反対側の小部屋に、指揮・通信コンソールが設けてあり、小型ドローンや、飛行中のスキャン・イーグル二機の映像が23インチモニターに映されていた。

　州消防局の放火捜査官にして、州軍の予備役少佐でもあるカルロス・コスポーザが、隊員の背後に立ち、モニターを見詰めていた。このコスポーザ少佐も、昨日、無茶を言って自衛隊を困らせた一人だった。

「問題でも？」

　と土門がコスポーザ少佐に尋ねた。

「ロシア人捕虜を連れてレーニア山系を降りている将軍の部隊ですが、たぶん、暴徒らから追われている」

　スキャン・イーグルのカメラがズームすると、ピックアップ・トラックや大型四駆が隊列を為して細い径を走っていた。ピックアップ・トラックの荷台には、明らかに銃架が見える。恐らくＭ２重機関銃だった。

　昨夜は、水機団がそれに苦しめられた。

「昨日の襲撃といい、かなり組織だった動きだ。恐らく、彼らロシア人の逃亡をフォローしている者か組織があり、捕縛されたことを知って、救援隊を派遣したのでしょう」

「誰が？　ロシア人？　ロシア人なりロシア政府が、北米のアメリカ人に命令しているというのですか？」

「恐らくは協力者にね。資金援助もあったかもしれない」

「応戦しないでもないが……。ガル、迎えの車は出ているんだろう？」

「はい。ただし、暴徒の方が先に追い付きます」

とスキャン・イーグルを操るガルこと待田晴郎一曹が報告した。

「応戦するか？」

「交戦法規をクリアするには、彼らに一発撃たせる必要がありますが……」

「ちょっと考えがあるのですが？」

とコスポーザ少佐が提案した。

「ロシア人捕虜をいったん解放しましょう。こちらが手薄であることを敵にアピールして、敵の出方を見たい。このままヤキマ周辺で暴れ回るつもりなのか、それともいったん西岸へ引き返すか、あるいは東へ向かうか。スキャン・イーグルなら、車両を何台か追えるでしょう？」

「それは可能だが、せっかく捕縛した指揮官を逃がすのですか？」

「どうせ彼はたいしたことは喋らない。ロシア人捕虜ならすでに確保したし、苦労して捕縛してくれた皆様に申し訳ないが……」

「そちらで責任を持ってもらえるなら構いません。ガル、ナンバーワンを無線に出せ。敵と接触するまでどのくらいある？」

「ほんの三分です」

「迎えの車両をいったんどこかに退避させろ」

土門は、ヘッドセットを被ると、その難儀な命令を伝えた。部隊はほんの一個分隊だ。敵は重武装とは言え、所詮は素人集団。撃ち合って負ける心配はないが、捕虜を守って山中で撃ち合うほどの価値ある状況にも思えなかった。

サイレント・コア一個小隊を率いる部隊ナンバー2の姜彩夏二佐は、南西にレーニア山を望むケリー・ビュート展望台のトレイルを、ロシア人捕虜三名を連れて下っていた。

トレイルと言っても立派な車道だが、何しろ山奥だ。彼女は一個分隊を連れて深夜にC-2輸送機から飛び降りた。

ただのハイカーを装い、ロシア人らを止め、包囲し、銃を出す暇も与えず捕縛に成功した。

土門からの命令は一方的で、承服しかねたが、判断を迷っている暇はなさそうだった。

姜二佐は、分隊長のチェストこと福留弾一曹を呼んだ。

「チェスト。追っ手が迫っているそうです。捕虜を解放して山中に入れと。ガルが、使われていないトレイル跡を発見しました。一〇〇メートル下ると、左手に逆走する小径があるからそこに入れと」

「応戦はしないのですね？」

「応戦は無し。交戦は避けよと。どうして捕虜を解放する必要があるのかはわからないけれど。われわれの行動は、どうも上から覗かれているみたい」

捕虜三名を道路脇の安全な場所に跪かせ、解放することを告げた。ただし、追われずに済むよう、結束バンドで足首を縛った。

「本当に解放するのかね？　解放すると見せかけて後ろからバン！　ではないだろうね？」

ヴォストーク部隊を率いるゲンナジー・キリレンコ大尉が英語で問うた。

「われわれはロシア軍とは違います。文明人です。そんなことはしません」

「ではなぜ解放する？」

「上からの命令だから仕方ないわ。すぐそこまで追っ手が迫っている。彼らに助けてもらいなさい。追い掛けてきたら、痛い目に遭うわよ」

「それは良いが、中佐。私はお世辞にも善人じゃない。汚れ仕事を引き受けるのが傭兵だ。この次、君や君の部隊を見掛けたら、躊躇わずに引き金を引くことになる。狙撃、トラップ、ありとあらゆる汚い手を使って」

「それはまあ、お互い様よね。出来れば会わずに済ませたいけれど、そうもいかないでしょう」

「ひとつ忠告しておこう。ウクライナでの戦争は、酷いミスだった。ロシア軍は何から何まで間抜けだった。だが、ここでの非正規戦は違うぞ。われわれはそれなりに準備した。綿密に。ウクライナで惨めな後退を始めたその時から。だから一日二日の混乱で、アメリカは石器時代に戻ろうとしている。ここでの治安回復は難しいぞ」

「それはアメリカ人の問題よね。彼らが自分で対処するでしょう。ウクライナがそうしたように」

隊員が後ろ手に縛る結束バンドを確認してから、姜二佐は、部隊に撤収を急ぐよう命じた。エンジン音がすぐそこまで響いてくる。この山中だから、速度は出せないだろうが、もしリアルタイムで上空から監視されているとしたら、油断は出来なかった。

昨夜までは違ったが、今のロシア兵には、それなりのサポートが付いているようだった。

ジョージ・トリーノ警備主任は、警備会社のロゴが入った四駆を走らせて、広大なプランテーションの中を走っていた。右も左もプランテーション。ほぼ無人で、センターピボットと呼ばれる巨大な散水装置がゆっくりと動いている。それらのプランテーションは、軌道上の衛星から見えるほど巨大だった。

エアコンを止め、窓を開けて走った。乾き切った空気が入ってくる。気温は、華氏九〇度。暑いと言えば暑いが、湿度はほとんどない。夜になれば、きっちりと気温は下がる。それがここの気候だ。

確かに、自分が若い頃に比べれば、夏場の気温は上がった。ワシントン州は競走馬の飼育が盛んな地域だったが、最近は、気温が上がりすぎて、飼育に適さなくなった。

コロンビア河沿いのクインシーは、地下水も豊富で、昔から農業が盛んだった。そして今は、その豊富な水を利用する新たな産業も呼び込んだ。

街はきっちりと区画整理され、似たような戸建てが延々と建ち並ぶ。普段は銃をもつ必要のない街だ。

トリーノは、そのプランテーションの中にポツンと建つ家の遥か手前で車を止めた。私有地であることを警告する看板があちこちに建っている。

一軒家は有刺鉄線で囲まれ、「地雷あり！」の赤い髑髏(どくろ)の警告まで立っている。

クラクションを鳴らして近付くのが決まりだった。ガン・ベルトを助手席に置いて歩き出す。よく見ると、プランテーションの作物のいくつかは枯れかけていた。ピボットも止まっている様子だった。

家の中から、ショットガンを構えた男が出てきて銃を向けた。

「ケント！　いきなり銃は止めろ。事故の元だぞ」

「客を招待した覚えはないぞ」

「迷惑は承知だ。頼みがあって来た」

「帰れ！　俺は忙しいんだ」

「それもわかっている。もっと忙しくなるだろう。だが、どうしても貴様の助けが要るんだ」

「お前、結婚式に俺を呼ばなかっただろう？」

「そんな昔のことを蒸し返すのか？　だってあの頃、お前は離婚して塞ぎ込んでいたじゃないか。とにかく、話を聞いてくれ。直に、暴徒がこのクインシーの街までやってくる。平和な街だったが、防ぐ手立てがない。貴様が溜め込んだ大量の武器弾薬が要る。今こそ、それが役に立つ時だ」

「わかっている。だから俺は、こういう時のために備えて準備したんだ。お前達はどうだ？　備えたか？　自業自得だろう」

「街の住民から尊敬を得るチャンスだぞ。こんな所に引き籠もってないで、今こそ住民のために尽くせ。ヒーローになるチャンスだ」

「地下水を汲み上げ過ぎだとかでな、俺のピボットは何基も止められた。助ける義理はないな。その水を使ったのはヴィレッジの奴らだろう？」

「いや、ヴィレッジで使われた冷却水は、全量が地下や川に戻されている。多少、水温は上がっているがな。どのみち、貴様が溜め込んだ銃器は一人じゃ使いこなせないだろう？　ここだって、地雷まで埋めてあるのに、誰が攻めてくるんだ。こんな場所に民家があることすら気付かれない」

「はっきり言うが、クインシーで警察や個人が所有している全ての銃器を足しても、俺が長年集めた銃器の数と威力には遠く及ばないぞ」

「知っている。だからさ、そのプレッパーズって奴か、お前さんの助けが要るんだ」

「街の奴らが、俺にどれだけ冷たい態度を取ったか……」

「表向きは、ヴィレッジのためだ。当然、無事に終われば報酬も出る。トラクターの一台くらい買えるだろう」

「めでたい奴だ。無事に終わるなんて思っているのか？　俺は911のあの日から警告し続けたのに、誰一人耳を貸さなかった！」

　ケント・サビーノは、ようやく銃口を降ろした。

「条件がある。俺が泣く泣く栓を締めたピボットを全て開けさせろ」

「わかった。報酬とは別に、ヴィレッジとして当局に掛け合わせる」

「何が必要だ？」

「お前さんが、世界の終末に備える人として揃えた物資全てだ。弾薬に無線機に、自家発電装置に、非常食とか、例の倉庫に仕舞ってあるんだろう？」

「トラックが要るぞ。何台も。銃だけでもピックアップ・トラックが四、五台は要るだろう」

「用意するよ。ここ、真っ直ぐ歩いて安全か？」

「大丈夫だ。ほら、そこに孔があるだろう。三日前、野犬が地雷を踏み抜いて吹き飛んだばかりだ。真っ直ぐ歩け」

「わかった。ところで、地球が平面だなんて信じちゃいないよな？」

「あんな連中と一緒にするな。だが、選挙は盗まれた！　同性愛や環境がしのごの御託を言う奴らに盗まれたんだ。そこは譲らないぞ」

「触れないようにしよう」

　少なくともこれで、ヴィレッジの警備員全員が持てるだけのまともな銃と弾薬は手に入るだろう。気難しい男だが、根は悪い男じゃない。それを知っている者は少ないが……。今は味方に付けるしかなかった。

　だが、連れて帰るには、まず伸び放題の無精髭を綺麗に剃らせ、三〇分くらいシャワーを浴びさせて、強烈な体臭を落とさせる必要がありそうだった。綺麗な着替えがあれば良いが……。

第二章　プレッパーズ

二〇台ほど続いた車列の最後に付いていた、シボレーの大型SUVが止まり、三人のロシア兵をピックアップした。その時には、すでに手首の結束バンドを外し、足首のそれも切断に掛かっていたが、ばつの悪い思いをすることになった。

SUVの後部座席に座ると、向かい合ったシートに、ヴァレリー・タラコフ陸軍少将がいた。

少将は、笑顔でも怒りでもないいつもの顔で三人の生存者を出迎えた。

「ご苦労だった。作戦は、成功したとは言い難いが、君たちだけでも助け出せたのは何よりだ。使える衛星の数が少なくてな。これが最後だぞとモスクワからは念押しされたよ」

「われわれが起こした山火事は、結局、延焼せず……、ということですか？」

「そうだ。地元の消防当局は備えていたし、自衛隊は、日本人のカミカゼ精神で、夜明け前に火事場の真上に空挺降下して、せっせと土の塊を投げて炎を消した。きりきり舞いはさせたが、結果は出せなかった。こんなことなら、最初からシアトルの騒乱に的を絞るべきだったな。空港がまだ使えているのが痛い。一度は空港閉鎖まで追い込んだのだが……」

少将は、足下のペットボトルを取って三人に手渡した。

「われわれが路上で敵の出迎えを受けて脱出した後、東の方で激しい銃撃戦が発生しましたが、あれも将軍の部隊ですか？」

「そうとも言えるが、本来、砦へ向かっていた部隊だ。捕虜を奪還させに向かわせたが、これも自衛隊に阻止された」

「その部隊、アメリカ人ですよね？　アメリカ人がわれわれロシア人の命令というか指示の下で戦っている？」

「ことはそう単純ではないが、敵の敵は味方という発想だ。そもそも共和党支持者は、トランプがロシアの影響下にあることを気にもしない。フェイク情報だくらいにしか思っていない。バイデンのバカ息子がウクライナと怪しい関係だったことは、厳しく騒ぎ立てるがな。民衆というのはそういうものだ」


　車列の速度が落ち、何台かがUターンしてくる。半数の車が、待避路でUターンして引き返し始めた。

「このまま砦へと向かうのではないのですね？」

「ああ。どうせこの車列は上から覗かれている。陽動として一部はヤキマ方面へと向かうが、われわれはいったんシアトルへと引き返す。君らには休息が必要だろう。敵に渡った情報はどの程度だと思う？」

「部下は、仮に全員が捕虜になって喋ったとしても、この後の攻略目標に関しては何も聞かされていません。今後の作戦の障害になるようなことはないでしょう。最低限必要なことが認（したた）められたメモ帳も、ロシア語の翻訳には時間が掛かるだろうし、せいぜい領事館のパニック・センターの電話番号が載っているくらいです」

「わかった、信じるよ。もっとも、われわれの攻略目標の全てをアメリカが知ったとしても、この状況下では何の手も打てないだろうがな。警察も州兵も、暴動の対処で精一杯だ」

「他のエリアはどうなのですか？　ラジオを聴く余裕もなかった」

「ニューヨークは、送電網を破壊したことが大きかったな。予想外の結果で、マンハッタン島は、今や略奪の街だよ。金属バットやゴルフ・クラブを持った連中が、片っ端から高級店を荒らし、ありとあらゆる商品を略奪している。橋を渡って逃げようとしていた車列に放火し、脱出路を封じてから、車を一台一台襲撃したほどだ。対岸と往き来する渡し船が何艘も就航しているんだが、州兵は、その船着き場を守るのが精一杯で、そこまで自力で辿り着けた者のみが助かるという状況だ。昨日は、一晩中、マンハッタン島が赤々と燃えていた」

少将は、スマホを出して、対岸から撮影されたらしいマンハッタン島の全景を出した。カナダ国境地帯での山火事の影響で、空は赤く染まり、島全体は、所々で上がる火の手で、灰色の煙に覆われていた。

「マンハッタンは、直に瓦礫の街になるよ。そのままゾンビ映画のロケで使えそうなほどに荒れ果てるだろう。ウクライナの街のようにな。ミサイルではなく、放置し、見捨てた階層による復讐でそうなる。

ワシントンＤＣの騒乱に関しては、われわれの出番は全くなかった。風もない日に警察は催涙弾を使いすぎて、住民や政府職員が戻ってくるまで、ガスの成分を洗い流すのに相当の日数が掛かるだろう。オフィスの部屋の中まで成分が充満し、紙だのカーテンだのに染みこんでいるから。大統領がまだホワイトハウスに留まっているのは奇跡だな。エアフォース・ワンはアンドリューズ空軍基地に駐機したままだ。

今、大統領は実はとっくにアメリカを逃げ出して、イギリスの某所で避暑を楽しんでいるというフェイク・ニュースを流している。

カリフォルニアは、まあ現状はあんな所だろう。狙っていた停電で空港機能は麻痺に追い込めた。問題は南部で、フロリダはこの熱波で停電し、住民の相当数が焼け死ぬだろうが、テキサスはしぶとく生き残っている。電気も、携帯も。空港機能も少し傷つきはしたが、直に復旧するだろうし。周辺都市の住民は、皆テキサス州を目指して移動中だ。何か策を考える必要がある」

「作戦は概ね成功したと見て良いようですな。歩き通した甲斐があった。犠牲者も浮かばれるでしょう」

「うん。国や社会を破壊するのは、何もミサイルや砲撃だけではない。社会の矛盾を放置し、SNSなんぞ流行らせて無知な民衆に自由な言論とやらを与えるからだ。時間は掛かったが、われわれは安上がりにアメリカ社会を転覆した。あとは、アラスカを奪い返すだけだな。ウクライナでの仇は取りつつある。燃えさかるニューヨークの写真一枚だけで、ロシア国民は喝采を叫んでいるよ。西側との代理戦争で、ついに一発大逆転したとな。

アメリカ国民にしてみれば、これはまさに、九九パーセントによる反撃だ。持たざる者九九パーセントが、持てる者一パーセントが支配するに至った腐った体制を破壊しようとしている。正義の戦いだ。われわれは、その後押しをほんの少しやっているだけだ。だから彼らは、私の指揮にも従う」

と少将は一瞬、運転席のアメリカ人を見遣った。ドライバーは、別に浮浪者風でもない。ブルーカラーでもない。青白いうなじが見えている所から察すると普通のホワイトカラーだ。だが短く刈られた髪の毛は、どことなく自分で切っているような感じがした。それが今のアメリカの平均的なホワイトカラーなのだろう。

彼らは、シアトルの名だたるＩＴ企業に勤めながらも、あまりにも値上がりした住宅費を払えずに、公園に張ったテントや、路上に止めた自家用車で寝泊まりしていると聞く。

トイレは野ぐそで、実際、小綺麗な景色の街なのに、なぜか糞尿の臭いが漂っているエリアも、大尉らは歩いてきた。

ＩＴ革命による西側的繁栄がもたらしたものが、これらの矛盾だとしたら、まだしも何もないロシアの暮らしの方がましだというのは、全員の偽らざる気持ちだった。

土門陸将補は、演習場の指揮所で、スキャン・イーグルの映像を見ていた。車列がそのままヤキマへと向かってくるものと緊張したが、そうではなかった。

水機団に出動準備を命じたが、いったん待機させた。

半数の車両が、ロシア兵を拾って引き返していく。

「コスポーザ少佐、どうしようか？　奴らはたぶん、タコマかポートランド、あるいはシアトルにいったん引き揚げて仕切り直しするつもりだろう。このままスキャン・イーグルで追い掛けないでもないが、それは敵も想定済みだと思う」

「そうですね。どこかで、車両を入れ替えたりの小細工はするでしょう。リソースの無駄遣いだ。引き揚げた連中は無視しましょう。どこかで止めて撃ち合う余裕は州軍にもない。こちらに下りてくる連中に注力しましょう」

「奴らはどこへと向かっているのかね？」

「ヤキマ北のエレンズバーグを経由してもっと東へ走るか、あるいはエレンズバーグで騒乱を起こし、そこで仲間を募るのが目的か……。昨夜、飛行場で皆さんと撃ち合った連中ですが、エレンズバーグで騒乱を起こして、仲間を集めるのが目的だったと証言しています。投降した奴らは閉鎖された厩舎に放り込んで監視していますが」

「呼びかければ、集まるものなのか？　危険なのに」

「この辺りは、もともと保守的な土地柄です。共和党支持という意味じゃない。政治的には、ブルーステート、民主党支持州ということになっている。それは、シアトルを抱えているからで、逆に言えば、共和党支持者の鬱憤はずっとマグマのように蓄積していた。世情不安になれば、簡単に着火しますよ。ひと騒動起こしてやれ、という住民はどこにでもいる。貧富の差の拡大は、ろくなことにはならない。これは、99パーセントによる叛乱、蜂起です」

「ガル、スキャン・イーグルを呼び戻して、姜小隊の収容を監視させろ。迎えの軍用トラックには味方が乗っているんだよな？」

と待田に聞いた。

「はい。姜小隊の一個分隊が乗っています。襲撃を受けても対応出来ます」

「収容を急がせろ。まともな指揮車両が欲しいと思わないか？」

「〝メグ〟とかですか？　自分は〝エイミー〟で十分ですが。コンテナ車を持ってくるのは大変でしょう。C‐2で運ぶ余裕があるとは思えません」

「あのさ、シアトルで避難出来ずにいる邦人を、いったんヤキマまで来させてC‐2に収容して引き揚げさせるという手はあるよね？　帰りの燃料は、アラスカかどこかで補給させてもいい。このヤキマで給油が無理なら」

「シアトルからの陸路脱出には、護衛付きのコンボイを組む必要があります。いったん水機団をシアトルに入れないと」

「アラスカからこっちに向かわせる一個中隊をシアトルに降ろして護衛させるのはどうだ？」

「彼ら、軽装甲機動車と、たぶんブッシュマスターをほんの一、二台乗せているだけですよ。せめて隊員分のトラックが要ります。ぎりぎり妥協してバスとか。こういう手もある。行政からバスを借りて、避難民はバスに。部隊は、その避難民が乗ってきた乗用車で護衛とか」

「なるほど。総領事館に交渉させよう。それくらい仕事してもらわなきゃ釣り合わんぞ……」

「でも、そもそもが携帯も通じにくくなっている。外に出るのが危険とあっては、避難しそびれた邦人をどうやって一人一人ピックアップするのか……」

「それも含めて外務省に仕事させるさ。少佐、この向かってくる十台の武装車はどうしようか？　今ここを出れば、ぎりぎりエレンズバーグの街中に入る手前で遭遇できるかもしれんが？」

「街外れで迎え撃ち、武装解除を呼びかけて止まるような集団じゃない。かと言って州兵に余力はないし……」

「エレンズバーグを素通りされたら、もう部隊では追えないが？」

「エレンズバーグから東は、コロンビア河を渡って、隣のモンタナ州までもう大きな街はない。このままこちらへ南下する可能性に備えて、エレンズバーグの手前に阻止線を張りましょう。そこなら、無人地帯だ。撃ちまくっても影響はない。ま、避難民の自家用車は今も走っているが……」

「東へ向かう可能性はナシだね?」

「モンタナ州境まで三〇〇キロもある。途中はただの砂漠と、プランテーションの小さな町が点在するだけです。暴れ回る相手も場所もない。ヤカマ川沿いに降りて来るか、道が良い82号線を下って来るか、両睨みで備えて下さい」

「わかった。ガル、車列を見失うな。車列がまた分かれた時のために、スキャン・イーグルをもう一機近くに待機させておけ」

「了解です。もう一機は〝エイミー〟でコントロールさせます」

「ほら、〝メグ〟や〝ベス〟がいた方が便利だろう?」

「いないんだから仕方ありませんね」

土門は、娘をどやしつけるために隣の作戦室へと移った。上空には今、三機のスキャン・イーグルが舞っている。一機は出撃に備えて地上待機中。

ここは、何しろ広大な軍事基地だ。自分らが展開する場所は腐るほどある。だが、油断は出来ない。自分たちが空から奇襲したように、ロシアの傭兵集団が、空から殴り込んでくる可能性にも備えなきゃならない。

どこかの飛行場から、盗んだ小型機で飛んでくれば、空挺降下する必要もない。昼間はともかく、暗くなったら、その程度のことはあるかもしれない。米側に注意喚起する必要がありそうだと土門は思った。


クインシーに夕暮れが近付く頃、チェイサーの面々は、ようやくHAYABUSAを組み立て、地上で舵やプロペラの自己診断プログラムを走らせた。

「ネットワークは、幸い低軌道衛星と繋がった。これが繋がってくれないと、地上の携帯網を利用しての飛行しかできない。高度も限られるし、こういう郡部では、携帯の電波網はあっという間にカバー・エリアを外れる。

　自己診断プログラムがメーカーのサーバーとやりとりして、異常が無いことが確認され、ようやく離陸テスト開始となった。

　主翼に二基、後部水平尾翼前方にもう一基装備されたプロペラが唸りを上げて回り始める。埃が舞い、一瞬視界が遮られるが、機体はふわりと空中に浮かんだ。

　ゆっくりと上昇を続け、チルト・ローターが徐々に前へと倒され、前方へと飛び出す。速度が上がると、今度は、折りたたまれていた主翼が展開し、まるでグライダーのような長いウイングスパンが見えてくる。その頃には、ドローンは、もう視界から消えるほど遠ざかっていた。

　タッカーは、父親にタブレットのモニターを見せた。

「これはカラー画像モード。今は地上の携帯網でやりとりしている。もっと高度が上がると衛星携帯の電波に切り替わる」

「ヴィレッジを一周するのにどのくらい時間が掛かる？」

「高度三〇〇〇フィートで、人体を確認できる程度でとなると、一〇分以上は掛かるよね。この機体は滞空時間が売りで、速度は知れているから」

「バッテリーの交換に要するのはどのくらいだ？」

「充電済みのバッテリー・パックを交換するだけ。五分も掛からない」

「テスト飛行が問題なければ、街外れまで飛ばしてみろ。道路状況を見たい」

「さすが、軍だよね。こんなのを買ってもらえるなんて」

スペンサー・キム空軍中佐は、施設の正面に止められた二台のピックアップ・トラックから、大量の武器弾薬を降ろしていた。

まずアサルト・ライフルやショットガン、その下に弾薬ケースが隙間なく並べられていた。数万発の弾薬だった。

ケント・サビーノは、無精髭を剃り、頭を丸刈りにして姿を見せていた。クロークに積み上げていたジーンズを履き、トリーノ警備主任が、匂っていないと確認したTシャツを着ていた。トランプ大統領の顔写真がプリントされたTシャツだった。

「ナショジオか何かで、プレッパーズのドキュメンタリーを見たことがあるが……」

と施設長のヘンリー・リーバイ博士が絶句した。

「博士、地球の果てはどうなっているか知ってますか？　実は平面なんですよ。太平洋の果てには、日本や中国があるが、これ全部一枚の板きれの上に乗っているんです」

サビーノは真顔で博士に尋ねた。

「ほう。では、人工衛星はどうやって地球を周回しているかね？」

「ああ、それは錯覚です。強いて言えば、その一枚の板の上で、人工衛星は8の字を描くように飛んでいるんです。それが一周しているように見えるだけ。本当は周回なんてしていないのに、影の政府がそれを隠している」

「じゃあその……、まっすぐ西へ飛べば、どこかに崖があるんだね？　滝のように海水が落ちる。でも落ちた海水はどこから湧いてくるんだろうね。太平洋の水は一向に減らないが」

A1E2

「博士、ちょっとからかっただけですよ。真に受けないで下さい。ケントは変わり者だが、地球平面論の信奉者じゃない」

「ありゃ、ただのカルトですよ、博士。俺はそこまでバカじゃない」

とサビーノが、これも真顔で言った。

「でも選挙は盗まれた！　そこは譲る気はないですから」

「まあ、それは、何にしても微妙な話題だからね。避けるとしよう」

隣接するサイトから警備隊員がそれぞれの車に乗って入っている。皆が、凄い凄い！　を連発した。

「武器弾薬はまだ届く。アサルト五挺に、ショットガン一挺という感じで持って行ってくれ。一応、受け取り票を頼むよ。簡単なメモ書きで良い。それと、従軍経験のある者から、必ず事前の講習を受けてくれよ」

トリーノは、全員にそれらを警告した。

「連射はなるべく避けてくれよ！　連射機能を復活させた上で、俺が全ての銃が正常に連射できることを確認ずみだが、素人が引き金を引くことは想定していない。連射しても弾を無駄遣いするだけだから、単発で撃ってくれ」

とサビーノが注意した。

「サビーノさん、つかぬことを聞くが、ここを襲撃しようとする連中は、本来貴方と同じ政治指向を持つ人々だと思うのだが？……」と博士が聞いた。

「そうだね。俺ほどじゃないが、やっぱり過激な連中だろうな。だが、ここは自分が生まれ育った街だ。政治信条がどうだろうと、そこを荒らそうとやってくる奴らには、銃をぶっ放すまでのことだ。躊躇いはない」

「ここそがＧＡＦＡＭの心臓部だという連中もいるが……」

「そうなんでしょう？　ま、同性愛を受け入れようとか、移民には優しく、環境保護のために化石燃料を捨てましょうとかほざく場を与えているという意味では、俺の味方じゃないね。しかも、同性愛反対は、ヘイト発言だからと、ＩＤを剝奪されるんだろう？　ＧＡＦＡＭなんてろくな奴らじゃない。奴らが環境保護がしのごのと囃し立てるせいで、俺の農地は干上がった。皮肉だな。奴らの財産を守るために俺が犠牲を払うとしたら……」

「少なくとも、ヴィレッジは貴方の貢献に感謝しますよ。主張の違いを超えて、犠牲を払うことほど尊い行為はない」

「しかしお前、どこからこんなものを買い集める金が出て来たんだ？」

とトリーノが聞いた。

「安く買っている。新品はほとんどない。パーツで買って自分で整備したものも多い。もちろんアサルト・ライフルの連射機能も復活させて。とはいえ、親父の遺産がほとんどだな。あの頃は、農業でも儲けられた。種子会社が、品種改良した種を独占し、それに合った肥料や農薬まで売るようになって、俺たちはただの穀物ビジネスの奴隷になっちまった。お前らは、俺がおかしくなったと噂していたが、おかしくなったのは俺じゃない。アメリカの農業がおかしくなったんだ。親父は塞ぎ込むようになり、貯金を使い果たして借金が嵩む前に農地は売れと俺に命じたほどでね。俺は、お前らがやれ大学だ同窓会だと盛り上がっている時も、来る日も来る日も土を弄って、巨大なアグリ・ビジネスに飲み込まれずに済む農法でどうにか今日までやってきた」

「……済まない、ケント。俺たちは何も知らず何もわかってなかった。この騒動が終わったら、みんなで、お前の努力を称えるパーティを開くよ」

「いいね、それ。だが、選挙は盗まれた！　二度もな。そこは譲らないぞ」

「心配するな。この街にもトランプ支持者はいるさ」

　しばらくすると、ハヤブサが、街外れまで達した。眼下には、雄大な流れを持つコロンビア河が見える。父親がタブレットを覗き込むと、川沿いに走る路上に車が連なっていた。

「これ、コロンビア河沿いだから、28号線だよな。シアトルから避難してきた連中なのか。ここからどこに行くつもりなんだ？」

「スポケーンとかじゃない？　この辺りで一番でかい街だ」

「ここからまだ東に二〇〇キロ以上もある州境の街だぞ。彼ら山越えして二〇〇キロも走ってここまで来たのに、さらにそんな距離を走ろうというのか？　スポケーンだって安全だとも思えないけどな。殺到する避難民に食わせられる食料があるとは思えないが」

「ハイブリッド車なら行けるけど、たぶん満充電のテスラじゃ無理だな。この辺りでバッテリーは切れる。炎上する沿岸部からちょっとでも遠ざかりたいってことじゃないかな。僕らだってさ、どっちに逃げるか？　と考えたら、今はカリフォルニアより中部でしょう。カナダは安全かも知れないけれど、どこも街は小さいから、食べ物や燃料は期待できないし。こっちには来るなというのがカナダ政府の本音だろうし」

「スポケーンまで飛ばせるか？」

「真っ直ぐ飛んで往復四〇〇キロ。全然問題無いけど、勧めないね。もし墜落とか予防着陸しても、回収に行けないから。せいぜい、コロンビア河の西岸辺りに留めておいた方が良い」

「離着陸場を用意する。ここは、携帯の電波はクリアだが、駐車場からまる見えで、撃たれる心配がある。建て屋の北斜面を使え。そこなら町から見えない」

「わかった。衛星とのリンク・アンテナもそこに置いて、ケーブルを警備室に引っ張るよ。リンク・アンテナには無線LAN機能もあるから、ワイファイさえ繋がれば、スマホでも映像は見られるし、操縦も出来る」

「できることを全部やってくれ」

「ジョージ、一つ気になるんだが……」

とサビーノがキム少佐の後ろ姿に顎をしゃくった。

「なんでここに軍隊の将校さんがいるんだ？　このサイトに軍の施設はないだろう」

「ああそれはなあ、ちょっと訳ありで、俺にはそのことを話す権限はないんだ。確かに軍の施設はない。敢えて言えば、軍が守る必要があるデータを、一部に扱っているってことだな」

「軍隊のクラウドがあるとか？」

「まあ、似たようなものだろう。中佐、息子達に、周回するルートを指示してくれ」

「了解。タッカー、マップを出してくれ。トラフィック・ルートを入力する。日没前に一周してくれ。それで問題点を洗い出そう」

すでに傾いた西日が差してくる。

庇の下にパイプ椅子を持ち出してベッキーが膝にPCを出していた。タッカーは、それで付近の航空写真を表示させた。タッチパッドで矢印を動かす度に、画面下にGPS座標が表示された。

「まず西へまっすぐ飛んで、ウエスト・ヴィレッジを掠める。そのままコロンビア河へ出て、この辺りまで出れば、ロックアイランドの街並みも見える。ここから南下し、川沿いのキャンプサイトはしっかり見張ってくれ。避難民が殺到しているが、こういう所でもリクルートがあるかも知れないから。更に南下し、90号線に出たら、くるっと向きを変えて北東へ飛び、そのままエフラタの街の手前で引き返す。バッドランドの山肌を右手に見ながら飛び、まあバッドランドも道がないわけじゃないが、こっちからの襲撃は難しい。それで、ここの北側を通って、また同じコースを周回する」

ベッキーがそのルートを指でなぞると、飛行コースと距離、想定時間が表示された。

「全距離で一三〇キロとか、それどうなのかなぁ。一周するのに一時間前後かかっているし。ロックアイランドからここウエスト・ヴィレッジまで、せいぜい二〇マイルだよ。それなりに渋滞しているにしても、車なら二、三〇分でここまで駆けつけられる。警戒範囲はもっと絞るべきだ」

「ここの近くは、クアッド型ドローンと警備車両を西へ出して守る。可能性が高いのは、この北西ルートと、エレンズバーグからの南西ルートだ。エフラタ方向からはそうないとは思うが、イースト・ヴィレッジも、ドローンを出してある程度は警戒する。たぶん五マイルかそこいら外側は」

「提案して良いですか？」

とベッキーが口を開いた。

「高度を上げれば、もう少し遠くからでも車は見えますよ。たとえば六〇〇〇フィートとか。そうすれば、周回コースの半径を小さく出来るし、空気が多少は薄くなるから、速度も出せる。もっと高度を上げれば、更に速度が出ます。マニュアルのどこかに、高度毎の巡航速度のデータがあったはず」

「試してみよう。試行錯誤する時間はあると思う。ベッキー、君はパイロットとかが向いていそうだね」

「そんなに不安なら、軍隊を呼んだ方が良いと思うよ。ヤキマには陸軍だっているじゃん？」とタッカーが口を挟んだ。

「そうなんだけどね、どうもわれわれは忘れ去られているみたいで……。あの折りたためる主翼だけど、折りたたんだ状態でも水平飛行は出来るんだよね？」

「ああ、さすが空軍将校！　良い所に目を付けますね。このハヤブサ、実はそれが出来るんです。折りたたんだ部分は別に空気抵抗にはならないよう上手く設計されていて、巡航速度がそれなりに上がります。でも滞空時間が縮まるから、あまり勧めないですけどね」

「ちょっと考えてくれ。何かあったら、主翼をたたんで速度を稼ぐくらいのことはしたい」

中庭というほど整備されてはいないが、施設を冷やすエアコンや変圧器が置かれた空間へ、ハヤブサの装備一切の引っ越し作業を始めた。夜露に備えて、キャンプ用の小さなタープも張られ、テーブルも用意された。

どうせ彼らには、することはなかった。週末に入っていたチェイサーとしての二件のイベントでのバイトも、この騒乱を理由に早々と中止が決まっていた。

サビーノは、警備部隊が武器弾薬を受け取って引き揚げていくと、ゲート外に置いてある車止めを指し示しながらトリーノに尋ねた。

「あの車止めの分厚いコンクリート・ブロックはこういう時のために用意してあるんだろう？」

「そうだ。後で、フォークリフトを使って移動する」

「このフェンスは、所詮対人用だよな。テスラで突っ込んでも破れる。あの車止めは全部敷地内に入れろ。この車寄せ回りに配置して、銃座兼弾避けにした方がましだ。施設の壁は厚いのか？」

「いや。せいぜい防熱しか考慮されていない。九ミリ・パラや四五口径くらいは止めるだろうが、アサルトの弾は止められない」

「ここのサーバーって、データは何に記録しているんだ？」

「普通の、市販されてるハードディスクだよ。最近はSSDも入ってきているが、毎日のように、不良セクタや故障品が出て、毎週数十台を入れ替える。施設内でドリルで孔を開けて、金属スクラップとして業者に引き取らせる。もちろん新品も毎週数百台入ってくる。そうか……。弾避けに使えるのか」

「ああ。分厚くて重たいだろう。重ねて積み上げれば、銃弾に対する安全な防壁になる」

「わかった。すぐ用意させる」

「それと、水だ！　水は最強の防弾装備だ。ポリタンクでもあったら水を溜めてそこいら中に置け。あと、屋上へのルートを教えろ。狙撃用の陣地を作る」

石器時代マニュアルに従い、最低限の保守要員と警備班員を残して従業員たちが帰宅していく。

トリーノは、中庭へと回り、チェイサーの生徒たちにも、そろそろ自宅に帰るよう促した。

「ここより、自宅が安全だと思える理由ってあるの？」

と息子が聞いた。

「無いな。だが、施設内で事故が発生したら、会社の責任になる」

「保護者の了解があれば良いんだよね？」

「そういえなくもないが……」

「住宅街より、武装したヴィレッジの方が安全だ。みんなで話し合ったんだけど、証拠として、親がここに留まることを了解した通話記録をスマホに残すことにしたから、それで手を打ってほしいんだけど?」

「クラブの顧問とか了解を取ったのか?」

「先生とは連絡が取れない。たぶん子供が生まれたばかりだから、家族で避難したんだと思うよ。あの人、タコマの出身だから。教頭先生とはさっき電話で話した。安全を確保しつつ出来ることをしろ、君たちの判断を尊重する。あの人は軍隊上がりだから、当然そう言うよね」

「君たちさ、本当は帰りたいけれど、みんなの手前、無理を言っているということはないよね?」

　と父親は全員に聞いた。

「ハヤブサを操縦できるチャンスをふいにするなんてことはしないわよ……」

　とベッキーが言った。

「ベッキーこそ帰るべきだ。お母さん一人じゃ心配だろう」

「ご近所に、引退した看護師さんが住んでいて、良い人で、彼女が時々様子見に来てくれます。私がここにいることは伝えてあるから心配は要りません。それに母はトイレは自分で行けるし、短い時間なら起きてもいられます」

「わかった。ここにバリケードを作る。コンクリや、廃棄予定のハードディスクを並べて。もし敵が攻めてきたら、そこから動かないようにしてくれ。施設の中に逃げ込むより安全だから」

　もしこの街を襲撃してくる暴徒がいたら、たぶんニューヨークやロスアンゼルスのようなことになるだろう。砂漠の中に突然現れる街には、戸建てが整然と並ぶ。決して高級住宅街ではないが、暴徒にはそう見える。そして住民たちは、この治安が良い街で、たいして武装もしていない。

いざとなったら、住民らはどこかに避難することになるだろう。それが学校なのか、役場なのか、銃弾に対して安全と言える場所はない。

従業員に聞いた所では、水と食料を持って、バッドランドへと向かう話も出ていた。山の中に入れば、地理に不案内な賊は、歩いてまで追っては来ないだろうということだった。

自分たちもそうすべきかも知れない。いよいよとなったら、徒歩で脱出し、バッドランドへ逃げ込むよう、今の内に準備して置こうと思った。プランテーションを北へほんの二マイルも突っ切れば、人を寄せ付けないバッドランドだ。

二一世紀に暮らす文明人の最先端の日常を支えるわれわれが、生き物を寄せ付けない自然の防壁に頼ろうなんて皮肉なことだった。

ヤキマ演習場の宿舎に米軍から借りた五トン・トラック二台が戻ってくる。土門親子は宿舎の外に出て、助手席から降りて来る姜彩夏二佐を出迎えた。彼女を含めて女性隊員三人は、戦闘服ではなく、登山のスタイルだった。

福留分隊は、降下時に使ったパラシュートを抱えていた。

「ご苦労だった、ナンバー・ツー」

「はい。任務を達成したと言って良いのか……。全員、無事に合流です。発砲は一発も無し。恵理子さん、お久しぶりです。てっきり、ロスにいらっしゃるものとばかり思っていたのに」

「すみません。ご迷惑をおかけして」

恵理子が腰を曲げて深々と頭を下げた。

「いえ、邦人保護はわれわれの重要な任務ですから。また嫌みなことを言ったんじゃないでしょうね？」

　と姜二佐は父親を睨んだ。

「こっちは隊員の命を預かっているんだぞ。役人ごときの命令にほいほい従えるか。それはともかく、捕虜解放の件は済まなかった。連中はタコマへ引き返したよ。こちらは事実として手薄なわけだが、米側が敵の出方を見たいと言ったので、そういうことになった」

「仕方ありません。でも彼ら、この後も頭痛の種になりますよ」

「それで、寝てない所を済まないが、北へ向かってくれ。ヤキマの郡当局が、街の閉鎖を決定した。これ以降、街へ入ろうとする避難民は、近隣のキャンプ地へと追い返す。その援護に出てくれ。原田小隊は空港警備に出ている。一通り水機団の警備体制が整ったら引き揚げさせる。ATFのパラトク捜査官を同行してくれ。彼女が、われわれに代わって合衆国政府の法を執行する」

「お茶くらい良いわよね？」

　と恵理子が父親に問うた。

「冷たいジュースにビスケット程度しかないですけど、用意しておきました。着替え用の部屋も作っておきました」

「済みません。では着替えの時間も頂いて一五分で出撃ということで」

　土門陸将補は「構わない」と頷いた。

「それで、あのままこっちへ下った武装集団はどこへ向かったのですか？」

「一部はスキャン・イーグルでフォローしているが、避難民が滞留しているエレンズバーグ周辺のキャンプ地に散ったようだ。そこで、同志のオルグとかしているんだろう。FBIとかに余裕があれば、避難民を装って接触するんだろうが、現状では打つ手がない」

「こっちへ来そうですか?」

「どうだろう。軍隊がいるとわかっていて、攻めるだけの人数が揃うかどうか。飛行場での戦闘は彼らも痛かっただろう」

戦闘服に着替え、冷えたスポーツ・ドリンクを飲み、ビスケットを何枚か食べ、各自装備をチェックしてから五トン・トラックに乗車した。

恵理子が顔を出し、「長引くようなら、どこかでお食事を手配させますから」と告げた。

「恵理子さん、まるで事務方みたいなお仕事ね」

姜二佐は、ATFのナンシー・パラトク捜査官と共に運転席に乗り込んだ。パラトク捜査官がコピーしたA4の地図を見せながら「ヤキマには当然いらしてますよね?」と尋ねた。

「ええ。訓練で何度も。北西部で実弾訓練となると、だいたいここですよね」

「ここから北へ出て、ほんの二マイルもありません。西側のヤカマ川沿いのトレイル・ルートは二時間前にすでに閉鎖済みです。避難民はほとんどが、道が良い東側を南下してくるので、今、そこを閉鎖中です。子供が居る家族連れ、妊婦、病人が乗った車のみを通しています」

「その人たちはどこへ誘導しているの?」

「街をスルーして行きたい場所がある人々は、さっさと街を抜けるよう誘導します。目的地がない避難民は、近郊のキャンプ地に誘導していますが、そろそろ一杯になる。なので、郡当局としては、演習場内に誘導してほしいとの要望を軍に出しているそうです」

「そこいら中、不発弾だらけよね」

「でも広いですし、逆に、決められたエリアからは出るな、不発弾で死ぬぞとの警告も出来ます。問題は、受け入れた後のロジでして、たぶんあっという間に万の単位の避難民を受け入れることになります。そのロジを維持しなければならない。郡当局は、空港機能が維持されているなら、日本からの空路援助を期待できるのでは？　と考えているようです」

「仮に、民航機一機で二〇トンの支援物資を日本からここまで運べるとします。自衛隊の輸送機でもそれくらいが限界です。一人二〇キロの乾パン、水、ミルク、生理用品を配給するとして、ざっくり千人分。仮に一万人をここに受け入れたら、毎日一〇機もの飛行機を日本から飛ばすことになる。無理ではないけれど、ヤキマに対してだけ、それをすることは無理でしょう」

「水は、浄水器の類いを最初に提供して頂ければ、なんとかなると思います。宿泊用のテントは、ここにもそれなりの量の備蓄はあると聞きますが、ビスケットの類いとミルク、医薬品、生理用品のみで。自衛隊機には、仮設トイレとかをお願いしたいですね。そんな話を、消防当局としていた所です」

「どのくらいの避難民が殺到すると想定しているのかしら？」

「一日二日で、恐らく一〇万から二〇万人……。エレンズバーグにも飛行場めいたものはありますが、ここのは長さも設備も別格ですから」

「ポートランドの空港の方が当然大きいと思うけれど？」

「街の状況がわかりません。空港は閉鎖状態だし、州当局としては、シアトルの平穏を維持する見込みが立ったら、ポートランドの治安回復に掛かるそうですけれど、何しろ街が大きすぎます。いったん騒乱状態に陥ったら治安回復は困難です。日本ではこんなことは起きないでしょうね……」

「ええ。国内で銃を持っているのは、ヤクザとお巡りさんだけですから。そう滅多には起きないわね。一〇万人はちょっと想定外よね。船でも使わないと……」

「はい。数日は、避難民自らが持参した食料で凌いでもらい、行政はミルクなど子供に対する支援だけ。その数日の間に、太平洋を越えた支援体制を整えられればと」

「もちろん、日本だけではなく、近隣国の支援も得られるでしょうけれど、飛行機となると、帰りの燃料のこともあるわ。シアトルやLAなど、燃料の確保が出来る所の復旧を急いでもらわないと」

見渡す限り、右も左も砂漠地帯だ。緑はあるが繋っているわけではない。道は良いが、ガードレールがあるわけではないから、バリケードを築いても、突破しようとすれば出来ないわけではない。

地図上にはシーラ川とある涸れ川の谷に掛かる橋の手前に、郡当局がパトカーを集めて詰め所を作っていた。バリケードは、その橋の向こうだ。

ピストルの発砲音が時々聞こえてくる。

下車を命じて橋を渡ろうとすると、涸れ川に降りてこちらへ渡ろうとした四駆が何台かスタックしていた。渡り切った車両をパトカーが追い掛けていた。

ここはすでに戦場と化していた。子連れのファミリーや病人、妊婦が乗った車両のみが、もう一本走る隣の道路をゆっくりと走ってくる。すでに演習場への誘導は始まっている様子だった。この中に、不穏分子が紛れ込んだらどう対処するのだろうと思った。

銃なんてどこにでも隠せるだろう。車を捨てて歩いてくる避難民もいたが、徒歩だからと、橋を渡れるわけではなさそうだった。

そもそも、病人と健康な人間をどうやって見分けるのか。

阻止線の最前線には、ブルドーザーが二台置かれて道路を封鎖していた。弾避けとしても有効な技だ。

しばらく警官隊と話し込んでいたパラトク捜査官が戻ってきた。まるで大学生みたいに若いが、物怖じせず良くやっていると思った。

「橋のこちら側で、涸れ川を見下ろせる場所に銃座を何カ所か築いてほしいそうです。それで、対岸に陣取る避難民に睨みを効かしてくれと」

「もし、四駆とかが涸れ川というか、この谷を渡ってこようとしたら、撃って良いのかしら？」

「はい。その時は、躊躇わずに撃って下さい。でないと、もしわれわれが応戦しないとわかった途端に、群衆は雪崩を打つように渡ってきます。車だろうが徒歩だろうが。アメリカでは、銃が正義です。それをお忘れなく」

「捜査官……。無茶を言わないでよ」

と姜は小声で抗議した。寒気が走った。

「こんな真っ昼間に、自衛隊が、アメリカの市民を銃撃できると思う？」

「昨夜は、やりましたよね？　飛行場での攻防で、情け容赦なく軽機関銃でアメリカ市民を掃討し、グレネード弾を雨あられと降らせた。五〇名前後が死んだはずですが、われわれには感謝しかありません」

「彼らは武装していました。重機関銃まで持って。この人たち、ただ避難したいだけでしょう？」

「アメリカでは、法執行機関の制止命令に従わない者は、撃ち殺して良いんです」

「それでしょっちゅう、黒人を撃ち殺して炎上しているわよね？」

「今は非常時ですから、当然、その手の無茶も許されます。ご存じだと思いますが、アサルト・ライフルだからと、車のエンジンやタイヤを狙ったところで、今の車はなかなか止まりません。一番確実なのは、運転手を射殺することです……。では、こうしましょう。それぞれの銃座に、警官なり、武装した人間を一人ずつ配置します。彼らに撃たせることにして、自衛隊は、その援護をするということでお願いします。とにかく、群衆に弱みを見せてはダメです！　日本では、警察や軍隊は信頼されているでしょうが、ここアメリカでは違います。社会的地位は低いし、殺気だった奴らは、何をしでかすか知れない」

また橋の向こうで発砲音が響いた。付近にいた全員が一瞬、首を竦める。制服警官が、ドライバーに警告しようとして発砲した様子だった。

「ここに一時間もいれば、皆さん、状況の逼迫を受け入れて下さいますよ」

「とにかく、交戦法規は守らせてもらいます。撃たれる前にこちらが非武装の市民に向かって発砲することはありませんから」

姜二佐は、無線でガルを呼び出した。こちらに〝エイミー〟を遣し、スキャン・イーグルを一機貸してくれと頼んだ。

昼間はともかく、暗くなれば、夜陰に乗じてこの砂漠地帯を突破しようとする者が大勢出てくるだろう。ここはまるでメキシコ国境地帯だ。そういう群衆を押し戻す術はない。

いったいどうすれば良いのだ、と途方に暮れる状況だった。これは、白黒はっきりしている敵と対峙するより厄介だぞ……、と姜は思った。

第三章　潜入者

　ジュリエット・モーガンは、渋滞する車列を避難民とともに歩いた。子連れやお年寄り。皆それなりに元気そうだが、わりと軽装だ。ここまで車で向かったものの、たぶん燃料やバッテリーが尽きて車を捨てて歩いたのだろう。

　道端に放棄されたテスラをバックに、笑顔で記念写真を撮り合っている若者もいる。あちこちから銃声が聞こえる。放置車両の窓ガラスを割る音も響いてくるが、総じて、どこかお祭り気分だった。

　小さなワンデイ・ザックを背負うジュリエットは、警官に一瞥されただけでゲートを通された。もう少し歩けば、軍のバスが往復しているから、そこまで頑張れ！　と励まされた。

　この辺りの地理は全くわからないが、視界の果てに軍施設らしきものが見える。軍用トラックやバスが出入りしているのも見えた。

　バスの到着を待っているのは主に子連れのファミリーで、元気な老人たちは歩いている。一刻も早く安全な所までたどり着きたいのだろう。

　仲間のバイクで橋のすぐ手前まで送ってもらったジュリエットには、そこまでの危機感は無かった。ここまでは予定通りだ。

　ジュリエットはやってきたバスに乗り込んだ。

乗客をチェックする警官も軍人も、この妊婦が偽者かもしれないとは思うだろうが、わざわざ腹を触って確かめるようなことはできない。たとえそれが女性同士であったとしても。たかが軽装の妊婦一人くらい、素通りさせても問題は無かろう。ここは空港のセキュリティ・ゲートではないのだ。

　巨大な演習場のゲートを潜ると、さらにバスは五分以上走って、だだっ広い空き地で避難民を降ろした。僅かな水場と、仮設トイレが五個並んでいる。その仮設トイレには、すでに行列が出来ている。

　ざっと見渡すと、二千人ほどがすでにそこに集まっていた。

　バスを降りる前に若い兵士が乗り込んできて、軍が今、大型テントを設営しているので、しばらく待て、決められた範囲の外には出るな、不発弾が放置されているエリアがあるので危険だと警告していた。

　降りた所で、椅子やシート類が用意されているわけではない。医療的ケアが必要な者は、進み出るよう、拡声器を持った兵士が呼びかけている。皆がスマホを取り出していたが、旗は立たなかった。

　さて、ここまでは何事も無く潜入できたが、問題はこれからだ。まだ周囲は明るい。潜入しているのは自分だけではないだろう。今は、暗闇を待つべきだと思った。暗闇を待ちつつ、作戦を練らねば……。

　夕暮れが近付き、遠くにはヤキマの街灯りが見えていた。陸軍時代、一度か二度、この演習場に入ったような気がするが、情景は覚えていない。どこにどんな施設があるかも。もちろん演習場の外に出たことも無かった。

　一瞬、何かのどよめきが起こった。ふと顔を上げると、さっきまで煌めいていたヤキマの街並みが真っ暗に沈んでいた。遂に停電したのだ。

しばらくして、拡声器が、落ち着くように呼びかけた。サーチライトがあるので、暗くなったらそれを点灯する。慌てずに行動するようにと。

だが、ジュリエットは理解した。あれが、最後の文明の灯りだと。

クインシーのヴィレッジでは、事前に停電が予告されていた。停電時刻に合わせて、各サイトのシャットダウン措置が取られた。

何にせよ、電子機器はふいの電圧低下や電源喪失に対して脆弱だ。手順を踏んで電源を落とす必要がある。ヴィレッジを構成する各サイトでは、何かの儀式のように、それが厳かに執り行われた。

サイト1A施設長のリーバイ博士がサーバー・ルーム入り口の配電盤下に立ち、ジョージ・トリーノが配電盤扉の鍵を解錠し、扉を開ける様子を見守った。

「三分以内に完了する必要があります」

とトリーノが告げた。

「何が起こります？」とキム中佐がリーバイ博士に尋ねた。

「電源を落とせばわかるよ。たぶん検索サービスのほとんどは使えなくなるね。CDNのかなりをうちが担っているから、通信社のニュース配信とか、ほぼ止まるだろう。海外の施設にリダイレクトされるには、それなりの時間が掛かる。クラウド・サービスは、世界的規模で影響を受ける。各社、海外にバックアップ・システムを構築してくれていると良いが。それより、スペンサー、君の所はどうなんだ？」

「うちは、ここはバックアップという建前でしたからね。ここが切断されて困るようなら、自分みたいな下っ端が左遷されたりしないでしょう。心配するのは、僕の責任じゃない」

「やってくれ、警備主任――」

トリーノは、マニュアル通りに、配電盤の主電源を切っていった。一つ切ったら、次を落とすまでに最低一〇秒は間隔を空ける必要があった。立ち上げ時も同様だ。サイトで消費する電源はあまりにも膨大で、急激な電圧低下や上昇は、変電所のシステムに過大な負荷を与える恐れがあった。

最後に施設全体の電源も落とすと、部屋は真っ暗になった。

配電盤の扉を閉め、鍵を掛けてから、隣の非常電源システムを立ち上げると、部屋の灯りが戻った。

「バックアップ電源は、サーバーの余熱を冷やすことを最優先に稼働します。一時間ほど動いて停止。あとは、われわれの節約次第ですね。昼間の太陽光と蓄電システムで、管理部門やトイレに必要なシステムは賄えるはずです。一応、太陽がまともに出てくれるなら、昼間は太陽光、暗くなったら貯めた電気で、一部屋分の灯りと、トイレの水くらいは流せることになっていますが」

三人で、施設の玄関に出てみた。街にはまだ灯りがあったが、それが一斉に消え、真っ暗になった。警備員詰め所まで歩いて見ると、遠くに一つだけ灯りがあった。

「あれは、何だっけ?」とリーバイ博士が聞いた。

「教会の尖塔でしょう。去年、うちの会社が太陽光発電システムを一式、寄付しました。たぶんその灯りです。夜目に慣れれば、あの灯りだけでも十分に歩けるし、目印にもなる」

トリーノは、警備員詰め所の裏に立つポールの街灯の電源スイッチを切り替えた。詰め所の屋根には太陽光パネルが敷き詰めてある。その電力で、

LEDライトが点った。

ただし、賊が来たら真っ先に消すよう警備員に命じた。

そしてトリーノは中庭へと回った。ここでも、施設の中から引いたケーブルで、すでにLED電球が煌々と点されていた。

「ベッキー、家は大丈夫だろうね?」

「はい。停電のことはくどいほど警告してきました。マグライトも二本、点ることを確認して出てきました。いざとなったら、スマホの灯りで用を足すよう、LEDアプリも入れておきましたから」

「携帯も間もなく落ちる。固定電話も同様に落ちる。何事も無ければ、いったん車を出して、俺が自分で様子を覗きに行くよ」

「お願いします!」

「で、ドローンの方はどうだ?」

「高度七〇〇〇フィートを飛行中。ナイト・モードに切り替え、人と車のような熱源はすっきりくっきりと見えるようになった。さらに高度を上げて八〇〇〇フィートまで上がると、速度もさらに出せる。周回路も工夫して、一時間は掛かる警戒ルートを、三〇分以下で回れるようにしたよ。丁度今、南西の角に差し掛かる頃だ……」

トリーノは、息子のタッカーが差し出したタブレット端末を覗き込んだ。白黒の赤外線暗視カメラの映像は、思ったよりクリアだ。

「右下に、明るい点があるだろう。これが、ヴィレッジの警備車両と警察のパトカー。右側がたぶんパトカーだな。パトカーのヘッドライトが、渋滞する路上を照らしている」

「この渋滞は、画面の端まで何マイルもずっと続いているじゃないか? どこに向かっている?」

「クインシーで止まる車は全くないね。やっぱりスポケーンだと思うよ」

「こんなのろい速度じゃ、夜明けまで掛かっても辿り着けないぞ……」

「たぶん走れる所まで走って、夜中になったら、みんな車中泊だと思うね。気温は下がるだろうけど、凍死するほどまでは冷えない。たぶん、外気温は華氏七〇度くらいかな」

「ドローンのバッテリーはまだ持ちそうだな……」

モニターの端に、残燃料と飛行可能時間が出ていた。

「一時間くらい余裕を持って降ろしてくれ。バッテリーは忘れずに充電してくれよ。その分の電源は確保してある。食事の用意をさせるよ」

「母さんが、ピザでも焼いて持ってくるって、さっきメールが届いたけど？」

「止めさせた。車の燃料が勿体無い。この後、何があるかわからないからな」

「じゃあ、自転車は？　往復、ほんの三、四マイルだよ」

「停電してどこも真っ暗だぞ。すでによそ者が大量に街中に入っている。危険だ」

キム中佐が、ヘッドランプを頭に被って現れた。

「こんな時になんだけど、君たち。今日の分の日当を払う！　済まないけど、封筒の金額を確認して、封筒表面の日付け部分にチェック・マーク。右側に記名して封筒だけ返してくれる？　これからは現金決済しか出来なくなるだろうから、小額紙幣を一部混ぜた。だから分厚くなっている」

「ええっ！　五〇〇ドルも！——」

とベッキーが金額を見て驚いた。「てっきり五〇ドルくらいかと……」

「この施設で外部からエンジニアを呼んで半日働いてもらったら、最低でもその程度の金額は出る。

君たちはエンジニア扱いだからね。プラス夜勤手当と、もし弾が飛んできたら、危険手当がたぶん同額くらい出るよ。それは後日ということにしてもらうしかないけど」

「ここ、就職口としてどうかな……」

とタッカーが漏らした。

「止めておけ。若者がいるべき場所じゃない。日がな一日エアコンの空調音を聞いて過ごすだけだ。退屈だぞ」

ハヤブサが街の近くを飛ぶと、住宅街であちこち温度の変化が見られた。すわ火事か！　と一瞬身構えたが、カメラをズームしてみると、庭先で何かが燃えているようだ。それを人々が囲んでいる。

「バーベキュー・パーティだな……」

とキム中佐が笑った。

「臭いが漂ってきそうだ。冷凍庫の中身も腐り始めるとなれば、そりゃみんなやるよな。ここも用意しとけば良かった」

クインシーは、暗闇に包まれてはいたものの、まだ平和が保たれていた。西海岸から押し寄せる避難民は、この小さな町に関して、その町の名前を記憶することもなく素通りし、ひたすら東を目指していた。

エネルギー省のドゥームズデイ・プレーン〝イカロス〟は、ワイオミング州の北西端、イエローストーン国立公園上空を飛んでいた。

皮肉なことに、キャンピング・カーを持つ大勢の避難民で国立公園内のキャンプ場はどこも賑わっていた。機首下に装備されたEOセンサーが、彼らが焚くバーベキューの炎や、アマチュア無線の会話を拾っていた。

なんだかんだ言いながら、アメリカ人はこういう時に強い。危機に適応できる人々がいるという事実は心強かった。

エネルギー省技術主任のサイモン・ディアス博士が静音ルームに入ってきて、「ちょっとモニターを借りるよ」と、モニターのケーブルを自分のタブレットに繋いで切り替えた。

「残念だが、ワシントン州の電力が完全に落ちた。原因は恐らく送電網の物理的破壊だろう。復旧にはそれなりの時間が掛かる。あの辺りはかなり乾燥していた。このまま電気を流し続けると、短絡した切断箇所から発火する可能性がある。だから全部止めた。

全部止めたことで、さらに破壊工作がやりやすくなった。送電網破壊を止めないことには、復旧はおぼつかないだろう。ちなみに、ワシントン州の普段の消費電力状況は、こんな感じかな……」

画面が切り替わると、ほぼ都市部に重なるマップが表示された。

「もちろんシアトルが一番の消費地だ。ここだけ巨大な黄色い円で覆われている。それからポートランドは、南隣のオレゴン州だが……。東端のスポケーン。ヤキマも意外に人口は多い」

「スポケーンて、ロッキー山脈の西端よね？」

とヴァイオレットが聞いた。

「ああ、君が見ている所は、実はスポケーンじゃないんだ。電力消費に於ける引っかけ問題の一つだ。そこは、人口たった八千人しかいない、クインシーという小さな町だ。昔はプランテーションで賑わったが、今はデータ・センターの街として知られている」

「グーグルが使えなくなったのはこれが原因なの？」

「むしろ君の専門だと思うが、確か最初にこの街にデータ・センターを置いたのはマイクロソフト

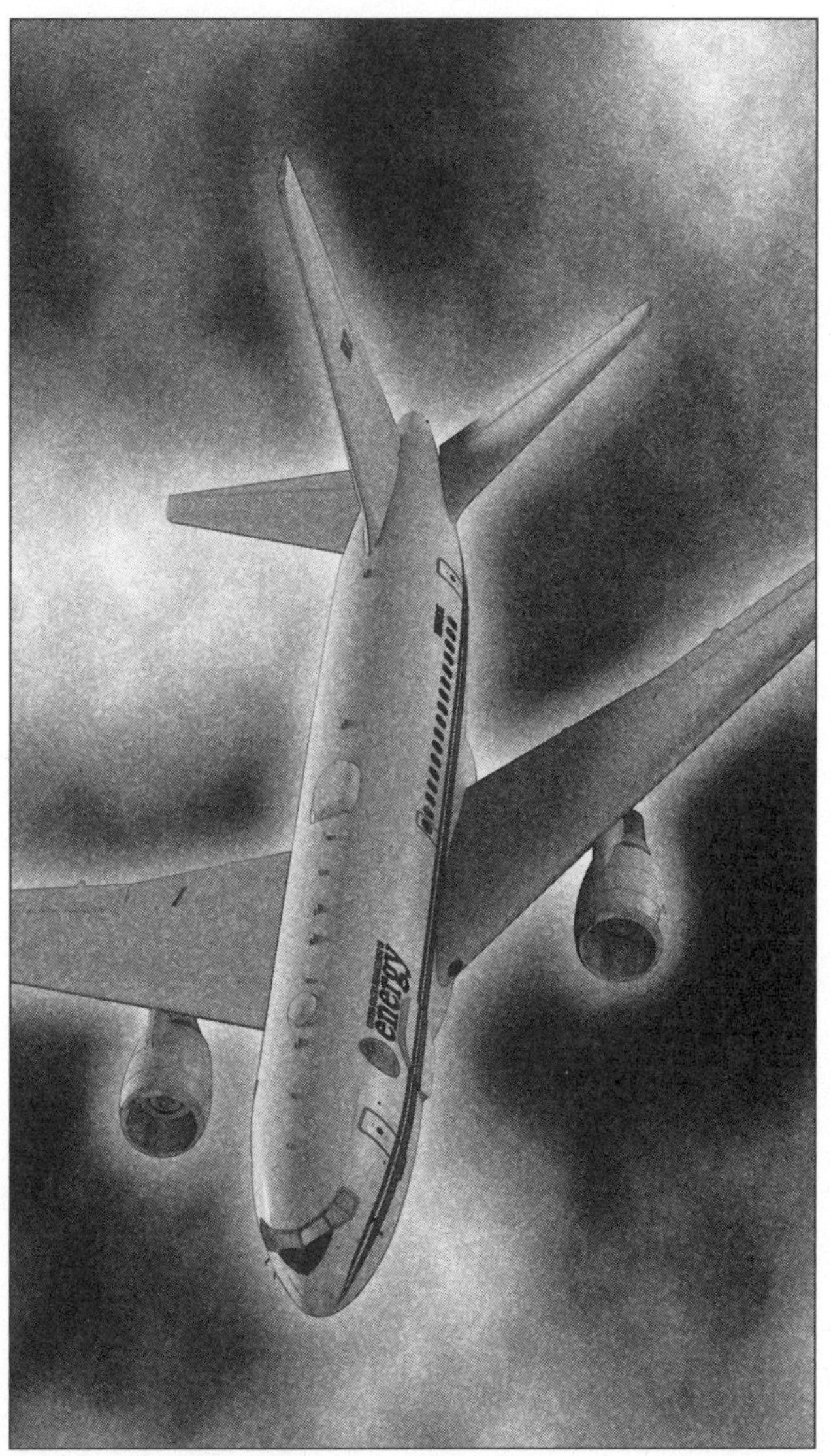
energy

だと思うな。それから日本のＩＴ企業がやってきて、グーグルも来た。たぶん、今はＧＡＦＡＭのほぼ全ての有名企業が、ここにデータ・センターを置いているはずだ。北米では最大規模だと思う。グーグルがうんともすんとも言わなくなったのは、ここが停電したことが理由だよ。

知っての通り、ＧＡＦＡＭは世界中に三〇箇所以上、この手のデータ・センターを置いている。時間は掛かるが、いずれ無事なエリアのそれに切り替わるだろう」

「凄まじい電力消費量ね」

「そう。データ・センターに必要なのは、まず安定した電力に乾いた空気。そしてサーバーを冷やすための大量の水だ。生成型ＡＩは、たった五〇の質問をクリアするために、五〇〇ミリ・リットルのペットボトル一本分もの水を冷却に必要とする。地元とは軋轢があるようだ。州当局は税優遇で、これらの大企業を誘致しているが、彼らは正当な電気代や上下水道代を払っていないと不満があるらしい。まあしかし、衛星写真で見る限りは、本当に砂漠のど真ん中だね。プランテーションと砂漠に囲まれた小さな町だ。こんな所に北米最大規模のデータ・センターがあるなんて誰も気付かないだろう」

「電力が回復したら、何も問題ない？　物理的な破壊にあっても問題ない？」

「ここの一箇所だけに依存している会社はないと思うよ。物理的な破壊は痛いだろうが、それでも文明の復興に支障となるようなことはないだろう。せいぜい半年かそこいら〝アレクサ〟が使えなくなる程度だろう」

「それ、大問題だと思うわよ」

ディアス技術主任が出て行くと、ヴァイオレットはそのモニターを衛星写真に切り替えた。

「ここが、〝砦〟である可能性はあると思いますか？」

カーソン海軍少佐はモニターを指差した。

「どうかしら……」

二人は、この数時間、その〝砦〟がどこかを捜す作業に没頭していた。レーニア山系の該当しそうな場所はほぼ潰し、カナダ国境沿いに取りかかろうとしていた時だった。

「沿岸部からだいぶ離れているし、象徴的な意味合いはあるだろうけれど……。一番近い空軍基地はどこかしら？」

「スポケーンの西隣に位置するフェアチャイルド空軍基地ですね。空中給油機部隊がいて、われわれもっぱら、ここから離着陸する空中給油機にお世話になっています。あるいは逆に、タコマのマッコード空軍基地。確か、空輸部隊がいたはずです」

「確かその隣に、フォート・ルイスの陸軍もいたわよね」

「もぬけの殻でしょうね。シアトル他の騒乱に駆り出されて。自衛隊に事前配備を要請しますか？付近に飛行場はなさそうだから、陸路移動になりますが……」

「昨日の今日でまた？……。そのクインシーが襲撃される気配はまだないのよね？」

「そうですね……、現地とやりとりはありませんが、そのロシアの傭兵らが操っている極右の暴徒は、エレンズバーグ周辺に滞留しているようですから。クインシーへは、ヤキマよりエレンズバーグの方が手前に位置する。酷い渋滞のようですけど」

「自衛隊を巻き込むのは最後にしましょう。いざとなれば、われわれの護衛に付いている戦闘機を飛ばして、機関砲で地上を掃討してやれば良い」

「土門将軍に、状況を耳打ちするくらいのことはなさるべきかと思いますが?」

「彼らはヤキマの治安維持で精一杯よ。たいした証拠もなく部隊を動かしてくれとは言えないわ。もう少し状況を見ましょう。イカロスをクインシーの近くまで飛ばして」

「モーゼスレイクまで前進しましょう。あそこの滑走路は長いから、何かあっても着陸できます」

ここからモーゼスレイクまで七〇〇キロ、一時間の距離だった。

ジュリエット・モーガンは、辺りが完全に暗くなってから行動を起こした。軍は、立ち上がったテントに、まず子連れのファミリーから案内した。続いて老人、現役世代や独り者は後回しだった。

トイレと水飲み場に長い行列が出来ている。まるでアフリカのどこか破綻国家にある難民キャンプのようだった。

いろんな意味で、この国が破綻していることには違いなかったが……。アメリカ人は、この国が破綻している現実を見ようとしないだけだ。

食料は、一人につきエナジーバー二本。どこかの廃品捨て場から拾ってきたような空のペットボトルが一本ずつ手渡され、それを綺麗に洗って再利用しろと命じられた。

特別扱いは、乳飲み子を抱えたファミリーで、軍のバスで、市内のホテルへと移動していった。

ジュリエットは、警備に付いている軍曹に、しわくちゃにしたメモ紙を一枚手渡し、近くにいる自衛隊に渡してくれと頼んだ。この日本人の家族が途中で車がエンストして助けを求めている、私がその場所を教えるから、たいした額でなくていいが報酬は欲しいと大きな声で念押しした。

三〇分も待たされてから、ようやく自衛隊の車が来た。ハンヴィに乗せられ、ゲスト用宿舎へと送り届けられた。その建物だけはなんとなく見覚えがあった。

中から、土門恵理子が出て来て、日本政府外務省の人間であることを名乗り、ジュリエットを丁重に出迎えた。

床に置かれたLEDランタンが点る作戦室に案内し、向かい合った。

「メモを取ってよろしいかしら？　お体は大丈夫ですか？」

「もちろんよ」

ジュリエットは、Tシャツの下にたくし込んだクッションを出して床に放り投げた。

恵理子がぽかんと口を開けた。

「ほんと妊娠て大変そうよね……。それ、〝ハヤシ〟と読むんでしょう。意味としては、フォレストよりウッズに近いと本人から聞いたけれど。私がいたゼミにいた唯一の日系人留学生の名前がハヤシだったの。ハヤシサン……」

土門は、怪訝そうな顔をした。

「えっと……、避難者の情報提供と聞きましたけれど？」

「それ、嘘。ここに来るためのね。途中でエンストしたハヤシさん家族は存在しません。ああ、でも報酬は欲しいわね。この後の行動資金も必要だから。何から話せばいいかしら……。まず、私の本名は言えません。顔写真を撮られるのも困る。ただの情報提供者よ。表の顔は、ストリーマー。主な収入源は動画配信。学費を稼ぐために陸軍に二期いて、UCLAでジャーナリズムの学士号を得ました。本当はまともな新聞社とかで働きたかったけど、何しろ、活字はもうお金にならないでしょう」

「ご免なさい。それを信じるとして、お名前はともかく、貴方の身元を保証してくれる政府関係者とかいますか?」

ジュリエットは、椅子に座りながら、そのメモ帳とボールペンを貸すように言った。それから、スマホの充電を求めた。

「コーヒーとか貰える? 結構歩いたんで」

「気が利かなくてご免なさい。コーヒーで良いかしら。ビスケットの類いで良ければ用意させます」

「何でも良いわ。この人、FBI捜査官、LA支局の重犯罪捜査班にいる。でも、もう携帯が繋がらないのよ」とメモ書きを見せた。

「貴方のことは、どう伝えれば良いのかしら?」

「〝スキニー・スポッター〟。それが私のストリーマーとしてのニック・ネーム。私にぴったりでしょう!」

「ええ……、何というか、世間を欺くには良いニックネームだわ」

ジュリエットは、身長は一八五センチはありそうだ。腰周りに至っては、恵理子の四人分はありそうだった。柔道でもやらせたら、たぶん一〇〇キロ超級とか、そのクラスだろう。〝やせっぽち(スキニー)の観察者(スポッター)〟なんて酷い詐欺だ。

「昔は私も結構スリムだったのよ。でもいろいろと精神的なものが嵩んで……。とにかく、スパイはそこいら中にいる。だから、アメリカ政府の当局者にうっかりしたことは話せない。軍が戦闘機やヘリの飛行を厳しく制限しているのは正しい判断よ。地方警察なんて、どこそこのエリアで暴動が発生したが、取締は何時、どこそこで始まるからそれまでに逃げろと、警察無線で仲間に教えているくらいだから」

「法執行機関の者を一人ここに同席させたいです

が、嫌ですか？　これ以上の話を、外国人である私が一人で聞くのはどうかと思うのですが？」

「ＦＢＩは絶対嫌、そこいら中に〝セル〟のスパイがいるそうだから」

「セル？　細胞という意味かしら？」

　と恵理子は自分の腕を突いた。

「そう。ありとあらゆる所に入り込む。ありとあらゆるものを繋ぐセルよ。他にも、〝ナインティ・ナイン〟を名乗っている連中もいる。つまり99パーセントね。軍も勘弁してほしいわね。私陸軍にいたから知っているけれど、軍隊なんて共和党支持者ばかりじゃないの。全く信用できないわ」

「では、こういうキャラクターはどうでしょう。ＡＴＦ、アルコール・タバコ・火器及び爆発物取締局の入局して三年目のネイティブ・アメリカンの女性捜査官。すぐ近くにいます」

「それ良いわね。たぶん色は付いていないし、私の方がベテランだから、ああしろこうしろと指図できる」

　恵理子は、橋の警備に付いているパラトク捜査官を呼び戻し、帰りにコーヒーとビスケットを用意して部屋に戻った。

「シアトルからいらしたのよね？」

「いえ。元はポートランドよ。セルによるこの一連の作戦は、ポートランドで立案された」

「貴方はその……、潜入工作員とか、そういう位置づけになるのかしら？」

「そうね。そう思ってもらうのが良い。私の動画を見てもらうのが一番早いけれど、どうせネットも落ちているから、当分は無理そうね。私は彼らトランピストの中に潜入し、彼らの動向を探っていた。もともと、しばらく付き合った男が度しがたいほどの陰謀論者だったのよ。彼はオーバードーズで、ある朝目覚めたら隣で冷たくなっていたけれど、お陰で私はドラッグから立ち直れた。で、そっちの世界のネタが飯の種になることに気付いたの。そして、時々、スキニー・スポッターとして陰謀論関係の配信を始めた。ちなみにこのキャラは中年男性ということになっています。たいした稼ぎにはならなかったわね。私は完璧に偽装したつもりだったけれど、ある日、ＦＢＩ、そこに書いたロン・ノックス捜査官が突然ドアをノックして、情報屋として小銭を稼がないか？　と言ってきた。

それから本格化したわね。陰謀論者としての知識を極めて、セルの核心部へと向かった」

「トランプ支持者はお嫌い？」

ジュリエットは眉をひそめた。

「彼らのことを理解しようと努力したわ。でも、あれは正気とは思えない。責められないことはわかっているつもりよ。ロシア人だって、事実を知った上でのプーチン支持者が多数派だろうから。99パーセントの戦いも支持する。民衆として行動を起こすのは今が最初で最後のチャンスかもしれない。ただ彼らは、ロシア人が兵士と作戦を提供している。指導者はアメリカ人だけどね」

コーヒーを飲んでいる間に、ナンシー・パラトク捜査官が戻ってきた。パラトク捜査官は、思い切り胡散臭い相手を見る視線だった。

「良いことお嬢さん。私に関して、性別や年齢、容姿に関することは一切メモせず、当然、誰にも喋らないことを約束して下さい。でないと私の正体はあっという間に露呈しますから」

「約束します。ただ、ＦＢＩともなかなか連絡が付かなくて、そのノックス捜査官ともコンタクトが出来ない状況なのですが？」

「それはこちらの問題ではない」

「あの……、この騒動、潜入していたのなら、当然逐一、ＦＢＩに報告していたわけですよね？」

と恵理子が聞いた。

「ええ。ロシアの傭兵が現れたことも含めて、逐一報告しました。たぶん、平和が戻ったら、大問題になるでしょうね。どういうレベルで誰が私の情報を握りつぶしたか」

「貴方が話した相手が、このノックス捜査官一人なら、ノックス氏本人が、敵方のスパイである可能性はありませんか？」

「あるわ。当然それも考えている。ただ、ノックスと何度も話したけれど、私はお金の流れを追いきれなかった。たぶん中国が資金提供しているだろうけれど、そのエビデンスを押さえられなかった。彼はちょっと、その辺りで苦労というか、苦悩していたようね。金の流れが摑めれば一発だが、それなくして情報を上に上げるとしたら、潜入している私の立場を危険に晒すことになるだろうと」

「貴方はその組織の中で、どのくらいの地位にいるのかしら？」

「私はこういうみてくれだから、いかにも陰謀論者に見えるでしょう？　でもこの組織は、基本的にフラットなのよ。誰が高級幹部かよくわからない。そういう組織って危険よ。何をしでかすかわからないから。でも、この辺りの作戦を統率している人間なら知っている」

ジュリエットは、テーブル上のモバイル・バッテリーで充電している自分のスマホを手に取った。

「このモバイル・バッテリー、貰って良いかしら？」

「ええ。構いません。必要なだけ用意します」

写真を一枚表示させた。

「これ、彼らが放火に出かける前に撮った写真よ。

撮影者は私じゃない。記念にお裾分けしてもらった。その場にはいたけれど。四〇人くらいはいたかしら。ただ、これから何をしでかすかの明言は無かった」

「左端に立っているのは、例のキリレンコ大尉ね。中央にいる男性の方が若そうだけど……」

「みんな、将軍と呼んでいた。ロシア人よ。たぶんFSBロシア連邦保安庁だろうと皆囁いていた」

「この左端で、サングラスを掛けた髭の男性は何者なのかしら?」

「みんな教授と呼んでいる。本人はバトラーと名乗っている。ミスター・バトラーと。でも私は彼の正体を知っている。あそこにいた人間で、彼の正体を知っているのは私だけでしょうね。元は陸軍士官学校の出身。少佐で辞め、ハーバードの大学院で勉強した後、政治学の准教授としてUCLAにやってきた。彼の講義を取ったことはなかったけれど、過激な発言で当時から有名だった。ロシアがウクライナへ侵攻した後も、ずっとプーチンを擁護し続けて、大学から追い出されたと聞いたわ」

「執事(バトラー)という雰囲気ではないわね……」

「本名は、フレッド・マイヤーズよ。彼が、実質的にこの部隊を指揮している。攻撃目標も決めている」

「今はどこに?」

「エレンズバーグかどこかじゃないかしら。シアトルは順調に炎上したし、放火の目的を知っている? あれは、シアトルを焼きつつ、シアトルからの避難路を断つのも目的だったのよ。当面の戦術目標は三つ。送電網を破壊してのシアトルの混乱と山火事ともう一つ、砦の破壊」

「彼らは、どうしてシアトルに拘るのかしら?」

とパラトクが聞いた。

「ロシアとの取引。ロシアがアラスカを奪還する時、シアトル経由で米軍が出てくることを阻止するため。カナダ軍だって、バンクーバー周辺で騒乱が起これば、そちらに軍隊を貼り付けるしかなくなるでしょう」

「でも、今のロシア軍にベーリング海を渡って大部隊を上陸させられるような力はないわよね」

「そこは中国と組んで上手くやるんでしょう」

「昨夜、近くの飛行場で、自衛隊と貴方がたが戦ったのを知っている？　そちらに数十名の犠牲者が出た」

「それね……。中国兵と遭遇したんですって。こちらはそれなりの犠牲を払ったけど、ひとまず撃退したことになっているわよ。何でも、人民解放軍がすでに数万人、カナダ国境付近で待機しているそうですから」

ジュリエットは、笑いながら言った。

「それ、前々回の大統領選挙の時にもあったわよね。二〇万もの人民解放軍兵士がカナダ国境に待機しているという陰謀論が」

「え？　そんなことがあったんですか？」

とパラトクが恵理子に聞いた。

「私、まだ学生だったので……」

「砦というのは、どこのことを言っているの？」

「バトラーとして、彼がそれを説明したことは一度もないわね。他の面子は、ただの比喩として聞いていたみたいよ。あの人、変なオーラがあって、話を聞く者たちを酔わせるのよ。だから、裸の王様の従者と同じで、本当は何も理解していないのに、自分だけは理解出来たという顔をする。その砦ってどこのことですか？　なんて野暮なことを聞く人間はいない。でも私は別にビリーバーじゃないから、いろいろ調べたわ。彼がキンドルで売っているテキストの中に、それは出てくる……」

ジュリエットはまたスマホを操作して写真を一枚見せた。

「スクショを撮っておいたわ。『現代の砦とは何か？　それはどこにあるのか？　それは、言うまでもなくＧＡＦＡＭが独占するデジタル・データであり、それを格納するクラウドである。そのクラウドこそが、われわれが打倒すべき敵の正体だ』。これ結構、ハッカーたちの間で話題になって、ＧＡＦＡＭのクラウド・サーバーがそれなりの攻撃を受けたそうよ。もっとも敵は巨人だからびくともしなかったそうだけど」

「さっきの写真と合わせてコピーさせて下さい。クラウドって、雲の上というか、仮想空間のことよね。それがどこかこの辺りの地域と関係があるの？」

ジュリエットは立ち上がり、壁に貼られた地図のコピーに近付いた。

「あまりに小さな町だから、ここには地名すら書いてないけれど、ここがヤキマ、北にエレンズバーグ、そこから東へ走ると、この辺りかしら……。クインシーという小さな町がある。人口は一万人もいない。ここがそのＧＡＦＡＭのデータ・センターの在処よ。さっきついに停電した時、携帯はまだ使えたのに、検索とか一切できなくなったでしょう？　それはクインシーも停電したからよ。ここを物理的に破壊されたら、痛いでしょうね。全米にはまだ何カ所かデータ・センターがあるけれど、ここは最大規模で、しかもＧＡＦＡＭのほぼ全社がデータ・センターを置いている。他のデータ・センターで、今のトラフィックを捌ききれるかどうか。一パーセントがその富をわれわれに遣さなければ、彼らが築いた繁栄を石器時代に戻してやれ！　がセルの合い言葉よ」

「彼らはいつ頃どうやって仕掛けるかご存じですか？」

「全然知らない。でも、先乗り部隊はすでにクインシーに着いていると思うわよ。今頃、どこかのロード・キャンプ地で景気づけのバーベキュー・パーティでも開いているのじゃないかしら。ドラッグでもやりながら」

何もかも拙い……、と恵理子は青ざめた。クインシーはここからは渋滞した道路を走ることになる。そして極右集団は、ここよりクインシーに近いエレンズバーグにすでに散っていた。

「他に、われわれが知っておくべき情報はありますか？」

「とにかく、ロン・ノックス捜査官を探してよ。彼が私の情報を裏付けしてくれる。ただ、彼が政府の味方かどうかは私もわからないことは覚えておいてね。あと、キャッシュ。使い古した紙幣で千ドルくらい貰えるかしら？　もう現金しか役に立たないみたいだから」

「ええと、一万ドルとかではなくて？」

と恵理子が聞いた。

「そんな大金を持ち歩いていたら怪しまれるでしょう。それはまあ付けておいて下さいな」

「すぐ準備します。食事は良いですか？　ホットミールも出せますけど」

「それぜひお願い！　正直、エナジーバーなんてもううんざりよ」

「とても危険な仕事だけど、貴方の動機は何ですか？」

「これがジャーナリズム。私が一生の仕事にしたいと思ったからよ。私は同性愛者ではないし、環境保護者でもない。むしろ、彼らの行きすぎた主張には反対する。正直、〝目覚めた人〟（ウォーク）とか虫酸（むしず）が走るわね。でも、トランプが当選してから、共和党支持は止めたわ。酷い嘘っぱちよ。彼はただの1パーセントの人間でしかない。この騒乱を生き延びたら、本でも書いてピューリッツァ賞でも貰うわ。どこかの大学でジャーナリズム論を教えて、99パーセントの側にいる人間として、犬でも飼いながら平和な余生を送る。それが夢よ」

「わかりました。いろいろ感謝します」

恵理子は、食事が取れるよう食堂へと案内し、客人をパラトク捜査官に任せた。

父親を作戦室に呼び、地図に、自らクインシーの場所を描き入れつつ状況を説明した。

「そのクインシーって街が狙われているのか？　問題ないだろう。アメリカ社会にとってそんなに重要な施設なら、当然、軍が守っているはずだ。われわれが出るほどのことじゃない。それに、この渋滞じゃ無理だぞ。最短ルートはエレンズバーグ経由だが、こっちは酷い渋滞。いったん、南へ下って北上する遠回りなコースもあるが、こっちもポートランドから避難してきた自家用車で大渋滞だ。パトカーに先導させて、対向車線を走るという手もあるにはあるが……。本当にこんな所に重要施設があるのか？　クインシーなんて街の名前は、米側から一度も出たことはないぞ？」

「正直、私も初めて聞きました……。いや確か、邦人が一人ここに暮らしていたわね。総領事館のリストにあった。何をやっている人かは知らないけれど。今こそ、M・Aに連絡すべき時じゃない？」

「大げさに騒いで恥をかきたくない……。そもそも、電話したところで、われわれに出来ることはない。今すぐ出たとしても、普段ならほんの三時間で辿り着く街が、たぶん半日以上は掛かるぞ。着いた頃には街は焼け野原だろう」

「でも、渋滞にはまっているのは敵の主力も同じよ？　私が電話して良いなら、そうしますけど。M・Aから自衛隊が出てくれと言われたら、私はノーとは言いませんよ？」

「それは良いが、どんなに頑張っても到着は翌朝だと念押ししろよ。飛行場もないんだろう？　昨夜水機団がやったように、小型機で乗り付けて空挺降下する程度のことしか出来ないぞ」

「何か方法があるはずよ。M・Aに電話するわ」

土門は、たいした数ではないだろうから、先乗りの連中に対峙する程度なら、原田小隊が小型機で乗り付けて空挺降下し、応戦する程度で一晩くらいは耐えられるだろうと思った。

問題は、本当にそこまでして守る価値がある施設なのかだ。

M・Aことヴァイオレットは、土門恵理子からの衛星電話を受け、首を傾げた。自衛隊に出動を要請するかもしれないし、たぶんそこに軍隊はいないと思うが、いずれにせよ少し検討の時間が欲しいと言って電話を切った。

「その、フレッド・マイヤーズの情報が欲しいわね……」

「すみません。〝ミダス〟は今完全にオフラインで、民間の生成AIも全く繋がりません。検索サイトもダウンしたままで、いずれ復旧はすると思いますが、現状では何の手立てもありません」

とレベッカ・カーソン少佐が詫びた。

「意見は？」

ヴァイオレットはヘッドセットを被ったまま、少し途方に暮れた表情だった。

「間に合わないかもしれませんが、ヤキマの自衛隊正規部隊に出動を要請すべきです。それに、土門将軍の特殊部隊なら、ヤキマに待機しているスカイダイビング用の小型機に乗って、空挺降下も可能でしょう。敵の主力も渋滞にはまっているのは間違いないでしょうから。先鋒部隊を抑えて、しばらく時間稼ぎしてもらいましょう」

「クインシーとは連絡取れないの？」

「固定電話、携帯網もダウンしていますが、衛星携帯を持っている人間が何人かはいるでしょうし、衛星対応型のスマホも今は普及し始めています。あるいは、アマチュア無線で呼びかけるか。当然敵にも聞こえますが」

「われわれというか、NSAは、衛星携帯の在処を検索できるのよ。われわれだけでなくCIAもだけど。それで、現地にいる誰か衛星携帯を持っている人間と話して状況を聞いてみましょう。もしNSAが出なければ、衛星会社に直接掛け合って。クインシーでオンラインにある電話番号を教えろと」

それから一五分掛かり、ようやくその番号がわかった。

通信会社の法執行機関の窓口電話は全く繋がらず、結局、NSAが時々極秘にハッキングして更新する契約者リストと、上空を行き交う衛星システムへのハッキングから得られた番号を突き合わせる結果となった。

「二人居ますね。一人は日本人で、これは会社支給の衛星携帯。もう一人は、法人契約のようですが、ドラゴン・ケープ運送会社とあります……」

「まさか……。それ、NSAの偽装カンパニーよ。NSAが民間企業と契約する時に、時々使う会社名。どうしてそんな所にうちの職員がいるのかしら」

「鳴らしますか？」

「お願い」

五回鳴らして、ようやく相手が出た。

「もしもし、ピザの宅配なら、営業時間は終了しました」

「こちらはエネルギー省です。官姓名を名乗りなさい」

「ああ、申し訳無いけど、僕にその権限はない。貴方がエネルギー省長官でもそれを喋ることは許されていない」

「貴方はフォートミードの人間よね？　エンジニア、それとも軍人さん？　私はM・Aです。貴方が知っているかどうかわからないけれど」

「エム？　エム・エーですって！　ああ、僕らを見捨ててエネルギー省に逃げたあのM・A。懐かしい声だ」

「貴方、誰よ？」

「スペンサーです。スペンサー・キム中佐です」

「キム？　タイガー・キムなの！」

「もうそれは名乗ってませんけどね……」

「どうしてNSAきってのスーパー・ハッカーが、そんな地の果てにいるのよ？」

「話せば長いですが、M・Aですら知らないことがあるとは驚きだな。僕がいるここそ、カローデン・ムーアです。ま、ここは〝沼(ムーア)〟じゃないですけどね」

「カローデン……、そんな馬鹿な！――」

ヴァイオレットは、そう言うなり、車椅子の上でのけ反り、言葉を失った。ヴァイオレットの顔から、サーと血の気が引くのがわかった。


姜二佐は、シーラ川に掛かる橋のヤキマ側でじりじりと後退を続けていた。警官隊が阻止線を張っている橋の向こうで、激しい銃撃戦が起こっていた。

ブルドーザーを盾に警官隊がピストルで応戦していたが、相手はアサルトで撃ってくる。戦いようが無かった。

「ニードル、敵が見えるか？」

「はい、見えています」

「狙撃を許可する！　黙らせろ。バレル！　米軍のMRAPを前に出して警官隊を救出してきなさい」

「下がって良いんですか？　もう橋を落とすしかなくなりますよ」

ショットガンを構えたカルロス・コスポーザ少佐が背後から現れた。

「済まない。援護してくれ。押し戻す！」

「少佐、無茶は止めて下さい。相手は民間人、避難民です」

「避難民がアサルト・ライフルで警官隊相手に撃ってくるものか。撃ち殺して構わない。さ、MRAPを前に出せ！」

姜二佐は、チッと舌打ちしつつ、「前に出るぞ！　カバーしつつ橋を渡れ！」と命じた。

MRAPをゆっくり走らせて前方へと向かう。MRAPに警官隊はほとんど地面に伏せていた。MRAPに銃弾が命中し始めるが、その火点へ向かって味方が反撃する。

二〇〇メートル近い橋を渡るのに五分近くも掛かった。敵が激しくMRAPを撃ってきたせいで、フロントガラスは蜘蛛の巣状にひびが入った。

だが幸い、警官を轢き殺さずに対岸へと渡りきった。そしてその頃には、敵はこちらの意志の強さを悟ったのか銃撃を止めていた。

ブルドーザーの背後で負傷した警官を手当てし、回収する。

すぐそばに、武装した民間人が何人も倒れている。頭を下げて伏せたまま、そこで双方の銃撃戦を耐え凌いでいるただの避難民も大勢居た。

「少佐、部下がいなければ貴方をぶん殴っている所です！」

「君たちは、ここを守ると約束したんだ。撃つべき時に君らが撃たないから、警官が負傷した。ぶん殴りたいのはこっちだぞ！」

　民間人の負傷者を一人ずつ救出し、応急手当てして後送しなければならない。演習場キャンプへの避難民移送はしばらく再開できそうになかった。

　こんなのは馬鹿げている。彼らがヤキマを経由して他所へ行きたいのであれば、そのまま素通りさせてやれば良いのにと思った。演習場は要塞みたいなものだし、空港も水機団が守っている。その部隊を一部街のパトロールに割けば、彼らの乱暴狼藉は阻止出来るはずだった。

第四章　洋上のブラフ

　第4航空群第3航空隊第31飛行隊隊長の遠藤兼人二佐は、P‐1哨戒機のコクピット背後にある戦術航空士席で、晩飯のハンバーガーを食べていた。

　厚木を飛び立ち、アリューシャン列島のアダック島海軍基地にいったん着陸して燃料補給を受けた。海軍基地と言っても今は縮小されて、最低限の警備や補給機能が残るだけだ。彼らにとっても燃料の供給は辛い所だろうが、西海岸での補給が見込めない以上、頼るしかなかった。何より、カリフォルニア沖には、解放軍の空母機動部隊が遊弋している。なるべく近付きたくないエリアだった。

　機体のAESAレーダーが、遥か前方右手から接近するコンボイの編隊を捉えた。ようやく待っていた相手が現れた。

「機長、EOセンサーで捕捉できる距離までゆっくり近付いてくれ。これより空輸編隊をアメリカ領空までエスコートする」

「了解、タコー」

「いいか、みんな。中国海軍のJ‐35（殲35）戦闘機が飛び回っている。ハワイまで前進した鹿屋の部隊は、まだ空母機動部隊の発見に至っていない。天気が悪くて衛星にも見えない。米海軍もこの混乱でロストしている。北へと針路を取った可能性が高い。だとすると、われわれは沿岸部に接近するほど、敵と遭遇する可能性が高くなる。編隊をエスコートし、安全に地上に降ろさねばならない」

　ハンバーガーを食べ終わると、水筒のコーヒーを一口飲み、ベルトを外してコクピット後ろに立った。

　機長の佐久間(さくま)和政(かずまさ)三佐が、操縦を副操縦士に交代した上で、ボード上に書き殴った数字を示した。

「すでにアダック島から二千キロ以上進出しました。この後、九〇分、輸送隊に付き沿うとなると、帰投の燃料はぎりぎりです」

「その場合は、アラスカのエルメンドルフ空軍基地の方が近いか」

「はい。千キロ以上近いですね。エルメンドルフから八戸(はちのへ)なら、ぎりぎり飛べます」

「わかった。アダック帰投は諦め、エルメンドルフを第2案とし、さらにはバンクーバーも緊急避難先として確保しよう」

「中国だって、シアトルやバンクーバーに救出用の民航機を飛ばしていますよね。そこまでしますか？」

「政府は、その可能性は大いにありと判断しているから、われわれが早期警戒機代わりに飛んできた。見張っていることが敵に伝われば、ミサイルを撃つ命令も怯むだろうという目論見だ。われわれが真っ先に狙われちゃ、元も子もないけどな」

「だいたい、アメリカのこんな庭先で、敵艦隊の居場所がわからないって変じゃないですか？　米空軍のグロホとか、トライトンは飛んでないんですか？」

「私だってそれ聞きたいけれどね。ホワイトハウスは、全ての軍用機に飛行禁止命令を出しているという話だし。事実、三沢の部隊は飛んでなかったよね」

「うちのヘリ空母部隊は、いつになれば早期警戒機を買うんですか？　英海軍のヘリ・タイプも失敗したし、E‐7がそこそこのお値段なら、空自に買わせれば良い。E‐2Dより足が長そうだし」

「あれ、絶対安くは無いぞ。ま、建前上は、うちのヘリ空母は、陸上機の支援が得られない海域では行動しないことになっているし」

「こんな所まで出て来てですか？　解放軍の空母部隊と刺し合う羽目になったらどうするんでしょうね」

「君は心配性だな」

「クルーを全員無事に連れて帰る責任は、TACCOでも飛行隊長でもなく、機長である自分が負ってますから」

副操縦士の木暮楓一尉が「そろそろEOセンサーで見えます」と告げた。

機首下のEOセンサーを降ろしてセンサーを右へ振ると、航空自衛隊のC‐2輸送機が視界に入った。一機、また一機と、それなりの距離を取って飛んでいる。

よくもまあ、この機数を揃えて飛んできたものだと思った。

中国海軍正規空母〝福建〟（八〇〇〇〇トン）を発進した編隊は合計四編隊に及んだ。敵は民航機と似たような航路を飛んでくるだろうと想定したが、予想より速度が速かった。

彼らは、アメリカ空軍のC‐17輸送機の巡航速度を基準にして計算したが、日本の輸送機は、旅客機と全く同じ巡航速度を持っていることを失念していた。

なぜ輸送機がそんな高速で飛ぶ必要があるのか理解出来なかった。世間は勘違いしているが、軍用機のほとんどは、戦闘機を含めて、旅客機より巡航速度は遅い。旅客機と肩を並べて長時間一緒に飛べる軍用機はそう多くは無かった。

だが、幸いにして、燃料に余裕がある内に、一つの編隊が、自衛隊の編隊と遭遇することが出来た。あまりに速度が速いので、しばらく旅客機なのか軍用機なのか判断に迷った。

あるいは、すでに他の編隊が発見したにもかかわらず、旅客機と見間違った可能性もあった。

だが、収拾したレーダー周波数は、同一機種のもので、そして民航機なら全てが出しているADS‐Bの識別信号を受信できなかったことで軍用機と判断出来た。

しかし、やっかいな問題も出現した。その編隊に近付く別の目標があった。こちらも速度が速い。しかも、AESAレーダーを使っている。一瞬、早期警戒機かと身構えた。

ステルス戦闘機のこちらの姿が見えている可能性がある。

こちらは、レーダー波は発していない。輸送機には一般的なレーダーしかないから、背後からこっそり近付けば、見える心配は無いだろう。

当初の作戦では、何かの事故に見せかけて、一番後ろを飛ぶ機体から二機ほど撃墜する予定だったが、果たしてこの接近中の一機は何者なのか？米空軍のエスコート機だろうか。

福建飛行隊長の林剛強（リンカンチィアン）海軍中佐は、無線を入れ、僚機を呼んだ。首を回すと、ゴーグルのモニターに僚機が映る。後方やや低い高度を飛んでいた。向こうは、こちらを見上げる格好で飛んでいることになる。それが一番楽な飛び方だった。

空は、眼下に雲が出ている。肉眼でもそれなりに近付けば僚機が見えるはずだ。微かに月夜なので、水平飛行を続ける限りは、そう空間識失調に陥る危険も無かった。

「老虎より、雪豹――。応答せよ」

しばらくして部隊で一番若い陶紅大尉が応答してきた。

「接近中の一機が見えているな?」

「はい。これは何でしょう? 早期警戒機のようにも見えますが」

「速度が速い。E - 7の可能性がある。となると、われわれは見えているかもしれない」

「では、E - 7から先に撃墜しますか?」

「いや、さすがにそれは拙いだろう。撃ったミサイルが丸見えだぞ。データリンクで、レーダー情報をアップロードしているかもしれない。残念だが、ここは挨拶するだけに留めよう。背後から、一機ずつ狙って機首前方をパスする。乱気流を起こして脅してやるぞ」

「はい。しかし……」

「危険なゲームだ。距離感を失うな。ぶつからずに、しかしアピールしろ。奴らはわれわれのエンジンの排気口の炎くらいは気付くかもしれない」

「敵の戦闘機が出てくる可能性もありますが?」

「それはない。今、見えていないものは、間に合わない。怖じ気づくな。いくぞ!――」

林中佐は、戦果は持ち帰れないが、この空が敵にとって安全ではないことを誇示するのは無駄では無かろうと思った。

やがて、C - 2輸送機が見えてくる。というか光学センサーが捕らえたシルエットがゴーグルに浮かび上がった。エンジンは双発。C - 17は四発だから、間違い無くC - 2輸送機だ。六機編隊。いったい何を積んで来たのだろうかと思った。

その向こうに、謎の航空機がいるが、これも見えてきた。エンジンは四発だ。だが、早期警戒機特有のお椀型のレーダーを背負っているわけではない。

不思議だった。背中にビーム状のレーダーも無さそうだし、しかしAESAレーダー装備ということは、ものは何だ？……。

林中佐は、バイザーを上げ、肉眼で外を見遣った。C-2輸送機の胴体が、微かに月灯りに反射している。しばらく接近して飛んだ後、徐々にパワーを上げてコクピットに寄せた。中は見えないが、向こうはまだ気付いていないはずだ。

一気にパワーを上げて、機体の前方を横切った。こちらの排気の炎が見えたはずだ。そして、自分の機体が起こした激しい乱気流に突っ込む羽目になって、パイロットは眼が覚めたことだろう。

バイザーを降ろして後方を振り返ると、輸送機が慌てて回避行動に入っているのが見えた。勿体無いことをした。本来なら、あれを撃ち落としていたはずなのに。

だが、次の瞬間、林中佐は、左翼前方を飛ぶ航空機に気付いて驚いた。P-1じゃないか！　当然、EOセンサーを装備している。こちらの機体は丸見えだ……。

だが、空対空ミサイルまでは装備していないはずだ。

国際周波数で向こうが呼びかけてくる。もちろん無視した。

P-1の戦術航空士席で、遠藤二佐は、「ふざけやがって！」と毒づいた。

「翼端灯、点せ！　こちらに注意を惹き付ける。騎兵隊はどの辺りにいる？」

「ネガティブです！　まだ見えません」と機長が返答を遣す。

「間に合うんだろうな……」

「彼らにとっても、航続距離の限界です。交戦している余裕は無いと見ますが」

「信じるしかない……」

敵の戦闘機は、それぞれに回避行動を取るC-2輸送機の前に出ようと旋回を始めていた。戦闘機の方が小回りが効く。いくらこの暗闇でも、輸送機は不利だった。さらに二機が乱気流に翻弄された。

「ブラックジャック編隊、見えました！　四機編隊です！」

「よし、通信は輸送機部隊に緊急無線。コース固定！　何があってもそのまま真っ直ぐ飛び続けよと。空中衝突の危険がある」

やってくれよ！……、と遠藤は念じた。

陶紅大尉は、一回目は明らかに失敗した。眼の前を飛んだつもりだったが、明らかに高度差がありすぎた。二回目は、慎重に接近した。

幸い、輸送機はコースを戻して水平飛行に入っていた。これなら行けると思った。

速度を上げようとした瞬間、何かが視界に入った。輸送機は左翼側。だが右翼側に何かがいる。マグライトか何かの光のような小さな光点が前方を飛んでいた。

一瞬、編隊長機だろうかと思った。だが、編隊長機はだいぶ後方にいるはずだ。あれは確かに戦闘機の排気だが……。

ゴーグルを降ろすと、やはりそうだった。戦闘機のシルエットだ。味方の編隊が来てくれたのかと思った。なぜなら、そのシルエットはあまりにも自分たちの戦闘機に似ていたからだ。だが、決定的に違う所が一つだけあった。J-35戦闘機は双発。つまり排気ノズルも二つある。ところが、

相手の排気ノズルはひとつだ。

え?――、と思って顔を上げると、月明かりを何かが遮った。巨大な影が、すぐ真上に迫っていた。せいぜい、機体一つ分の間隔しか空いてない。相手が、機体を傾け、コクピットから手を振るのがはっきり見えた。

ぞっとした、全身から血の気が引いた。

途端にアラームが鳴る。敵戦闘機の編隊がレーダーを入れたのだ。四機もの敵機に囲まれていた。

「雪豹！　ゆっくりと離脱しろ。われわれは敵編隊に包囲されている。四対二だ。勝ち目はない。後退するぞ！」

「は、はい！――」

敵は、このまま見逃してくれるのか……。少なくともロックオンはされていないが。サイドワインダーはいつでも撃てる状態だろう。

林中佐は、まんまと敵の罠に嵌められたことを悟った。日本は、この事態に備えていたのだ。護衛のために足も長ければ速度も速い哨戒機を付け、近くには戦闘機も待機させていた。あれは陸上運用のF‐35A型だろうか。ハワイからは遠すぎる。エルメンドルフから飛んできたか……。いやあり得ない。ここはどこから飛んでくるにしても陸上からは遠すぎる。空中給油機帯同なのか。

だとすると、あの空母擬き(もどき)が搭載するB型だろうか。こんな海域に敵味方の空母が二隻。面倒なことになるぞ……、と思った。

とんでもない奴らだ。こちらは慎重の上にも慎重を期して、あらゆるセンサーを躱(かわ)して敵の背後から接近した。なのに、敵はさらにこちらのセンサーを躱した上で、気付かれずに真横にピタリと付けてみせた。この暗闇の中で。信じられない技量と度胸と作戦だった。

ドゥームズデイ・プレーン〝イカロス〟のヴァイオレットに、地上にいるキム中佐は、いったん電話を切る許可を求めた。

「いったん切って良いですか？　ドローンを降ろして、バッテリー交換の必要があります」

「貴方は危険な状況にいることを理解している？」

「もちろんです。手は打っていますが、ここは砦じゃないので、防備は手薄い。どうせ騎兵隊は来ないのでしょう？」

「ご免なさい。手は打つけれど……」

「ではのちほどまた――」

電話が切れると、ヴァイオレットは、「あんな所にカローデン・ムーアがあったなんて聞いてないわよ……」と呻いた。

「カローデン・ムーアって、どこかで聞いたことがあるような」

「貴方のルーツはどこ？　カーソンはイングランドの姓よね？」

「はい。父はイングランド系ですね。しかし母のルーツは実はスコットランド系で……。ああ、カローデン・ムーア！　確かスコットランド奥地、ハイランド地方の古戦場ですよね」

「そう。イギリスの歴史に〝カローデンの戦い〟として記録されるスコットランドとイングランドの戦争があった場所。時は一七四六年。この戦いでイングランドは圧勝し、ジャコバイト軍は負けた。以降、イングランドはこの地方に過酷な圧政を敷いて、それが今も続く独立運動の火種となった。このプロジェクトを立ち上げた人間は、スコットランドをルーツに持っていたのよ。それでこの思い入れのあるプロジェクト名が付けられた」

「NSAにとって重要施設なのですね？」

「私が聞いていた話とは違いますけどね。これはあくまでも、ユタのデータ・センターを補完するための計画で、場所もカナダに作られると聞いていた。なぜ国内に建ったのかしら……」

「しかし、ここクインシーに政府関連施設はありません。もちろんNSAは名乗らないでしょうが。タイガー・キムという人は、ハッカーなのですか？」

「私たちは、彼のチーム名からタイガー・キムと呼んでいた。サイバー・フォースがやるHFO、ハント・フォワード作戦というのがあるでしょう。あれ実際にやっているのは、NSAのチームよ。あるいはNSAで訓練を受けたサイバー兵士。

　HFOは、世界中から嫌われている。不意打ちでやるものだから。NSAは、内外の軍や政府のセキュリティ・レベルをテストするためのペネトレート・チームを七つ持っている。その内の一つがタイガー・チームで、キム中佐が率いていた。最強にして最悪のチーム。彼に狙われたら、どんなに強固な防壁を持つシステムも突破される。その組織のセキュリティ担当者を片っ端から首にしてきた。何があったかのは知らない。ああそうだ……。その前に、土門将軍に電話して……。現状がどうあろうが、到着がいつになろうが、向かってもらうしかない。クインシーには、NSAの最重要施設があると。暴徒の目的は、その施設の物理的破壊にある。阻止してくれと」

　クインシーのサイト1A、中庭では、ハヤブサが降りてくる十分前に、二機のクアッド型ドローンが離陸した。プログラム飛行で、操縦は必要としない。念のため、街の真西、コロンビア河沿いルートと、エレンズバーグ方向から上ってくる真南のルートを見張るだけだ。ただし、映像伝送はアナログなので、見通し距離でしか使えなかった。

　ハヤブサが降りてくる前に、バッテリーの交換訓練を三回行った。チェイサーの面々は、チェックリストを作り、それぞれ自分の担当箇所を口の中で何度も繰り返していた。

着陸した機体からまずカバーを外し、バッテリーとモーターを繋ぐケーブルを解除し、満充電のバッテリーと交換、カバーを戻し、診断プログラムを走らせて再離陸。

簡単な作業だ。少なくとも、軽飛行機を飛ばすよりは遥かに簡単だ。軍があれもこれも電動ドローンで代替しようとする理由は良くわかる。下手をすれば整備兵も要らない。パイロットすら。簡単なOJTで、新兵でも飛ばせる。それもゲーム感覚で。

バッテリーを交換し、診断プログラムを走らせる。

ベッキーがラップトップの画面から視線を上げ、右手に持ったマグライトの灯りを地面のハヤブサに向けた。

「そこ、背中のカバー、浮いてない？　ライトを当てるとうっすらと影が出るけど」

タッカーが駆け寄り、「あ！　ごめんごめん！　最終チェックは僕の担当だった」

もちろん、空軍軍人のキム中佐の仕事でもある。メーカーに報告せねばなるまい。胴体カバーの脱着でミスが起きやすいことを。

「ベッキー、よく気付いてくれた！」

再びハヤブサが垂直に離陸していく。

この機体、垂直離着陸が出来るのは良いが、やはりチルト・モードは、コストアップの原因になっている。メカニズムを恐ろしく複雑にする。そういう運用しか出来ない船上であるとか、海軍とかの御用達であって、民生用としてヒットする商品ではないとキムは思った。

機体が順調に上昇を開始すると、キムはパイプ椅子を持ってその場から少し離れ、夜空を見上げながら、機上の人へと衛星電話を掛けた。

ヴァイオレットが出ると、「応援を送れるよう手配したが、間に合うかどうかは怪しい」と告げられた。

「何から話しましょう?」

「まずは、カローデン・ムーアの話から。なんでそんなところにあるの?」

「M・Aは当然、計画書は見てますよね。あれは、ユタのサーバー・センターを補完する目的で計画が始まった。計画当初は、ファイブ・アイズのメンバーでもあるカナダのどこかに建てる予定でした。候補地は何カ所か見つかったが、どこも環境問題が発生する懸念が出て来た。冷却水の大量利用等。同時に、電力供給への不安もあった。何しろそのデータ・センターに電力を供給する会社に対して、米政府は何の影響力も行使できない。というわけで、カナダ案はまず却下。ところで、まだM・Aがいらっしゃる頃、GAFAMの一社と、データ・センターの利用に関して契約を結んだことを覚えていますか?」

「老舗の一社との契約ね。政府の契約に耐えられるかどうかテストするのも目的だった」

「それが、ここクインシーのデータ・センターでした。ところが、これが意外に使い勝手が良くて、しかも安い! NSAの施設管理部門は、すぐ飛びつきましたよ。安くて安定している。使わない手は無い。一方で、ユタのデータ・センターは、あっという間に膨れ上がり、増築に次ぐ増築となって、早急に代替施設を確保する必要が出てきた。ところが、カローデン・ムーア計画が暗礁に乗り上げていたこともあり、このままここクインシーをカローデン・ムーアとして利用することになった。こっそりとね」

「そんなに便利なの？」

「だって、われわれ自らサーバーを保守する必要は無い。全部メーカーさんがやってくれる。そして、料金に至っては、激安。うちと契約するＧＡＦＡＭにとっても、ＮＳＡとの付き合いは利益になる。何かあったら守ってもらえますからね。ここクインシーは、ＮＳＡにとっての新たな心臓部であり、最重要施設になった」

「バックアップはどこよ？」

「信じられないでしょうが、ここです。われわれは、ここクインシーのデータ・センターを〝ヴィレッジ〟と呼んでいるのですが、街を挟んで、ヴィレッジは西側と東側にそれら巨大なデータ・センターを建てている。互いに東西のデータ・センターがバックアップ施設として利用出来るようになっています。ＮＳＡのデータに関してだけですけどね」

「それではバックアップの意味がないでしょう！　その辺りの電源が落ちたらどうするのよ？」

「ええ。だから今、〝ミダス〟も使えなくなったでしょう？　とはいえ、コスト削減の誘惑には勝てない。ＮＳＡとして、それで良しと判断したんです」

「民間のデータ・センターに相乗りなんて、セキュリティは大丈夫なんでしょうね」

「世界中から毎秒一〇〇万のヒットを叩き出す怪しげなアダルト・サイトと同じサーバーに、敵国から得た機密情報が記録されています。でも、それらデータは、全て暗号化された数字の羅列に過ぎない。フォートミードにある暗号鍵を用いて初めて復元可能なデータです。ところで、バックアップですが、実は堅牢です。なぜなら、ＧＡＦＡＭはＧＡＦＡＭで、顧客から預かったデータを三重四重にバックアップしている。世界中のデータ・センターに分散させてね。つまり、NSAのデータも同様にバックアップされています。NSAが収拾した、日本企業のNY支社との電子メールのやりとりは、逐一漏らさず、ホッカイドウやチバにあるデータ・センターにも格納されているというわけです。あるいはシンガポールや、中東のどこかのデータ・センターに」

「では、そこが物理的破壊を受けても、われわれのデータは安全なのね？」

「あ……、それがちと問題でして。NSAのデータは、ここクインシーに送られた時点ですでに暗号化されている。それも最強度に。全てのバックアップ・データは、実はクインシーから送られている。ところが、世界各地のデータ・センターに送られたうちのデータの復元を試してみましたが、どうもうまく行かない。何か手があるはずですが……」

「呆れた！　全ての経緯は上層部が了解していることなのでしょうね？」

「もちろんです。ユタの自前のセンターは、言ってみればNSAにとっての大英博物館みたいなものですね。冷戦時代の膨大な記録が記憶されているのみ。ここカローデン・ムーアは、ウクライナ戦争を記録し、中国との競争を今まさに記録し続けている。ここが物理攻撃を受けて、もしデータの復旧が出来なければ、少なくともM・AがNSAを去ってからわれわれが得て貯め込んだデジタル・データの全てが一時的であるにせよ、消失することになります」

「なぜそこに、軍隊がいないのよ？」

「まず、NSAの上級スタッフですら、カローデン・ムーアがどこにあるか知っているのはごく少数です。ヴィレッジとして軍隊の派遣を要請はしましたが、何しろこの混乱です。こんな小さな街に、GAFAMの心臓部があるからといって軍隊は出せないでしょう。〝99パーセント〟の戦いは、GAFAMが敵なのに、出せないんです」

「それで、もう一つの問題。タイガー・キムがそんな所に飛ばされた理由は何よ?」

「ちょっとやりすぎたというか、FBI長官のスキャンダル事件がありましたよね?」

「あれ、貴方の仕業なの?」

「それは言い過ぎです。僕のチームは、FBIからの依頼を受けて、標準的なHFOを仕掛けただけです。長官の公用PCに侵入した証拠として、長官が記者に宛てたちょっと性的なメールをプリントアウトして、証拠としてFBIに提出した。それがFBI内部の人事抗争に利用されてリークされ、長官は詰め腹を切らされた。それって僕の責任ですかかね? 日頃からタイガー・チームを快く思ってなかった連中によって、チームは解散、僕はまあ、どうせ民間に行くんだろうからと、ここへの異動となった」

「国防長官のパソコンの壁紙を誕生日の孫の写真から、プーチンに変えたりするからよ」

「だって、ことの重大さを認識させるには、その程度のことは必要ですよ」

「長官が承認した人事なの?」

「アリムラ大将のことですか? たかが、中佐ごときの人事にいちいち長官は口出ししませんよ。でも、異動直後に電話は貰いましたよ。われわれアジア系は、アメリカ社会で目立っちゃいかん。そうでなくとも、われわれは努力もせずに頭が良いと偏見をもたれている。少しは才能を隠せとね。長官からは、民間からスカウトが殺到することは知っているし、それを断れという権利は無いが、そこのデータ・センターは何にしても脆弱だ。お国への奉公と割り切って、汗をかけ。その仕事が終わったら辞表を書いて構わない。フォートミードに戻る気があるなら、それなりのポストを用意しておくと」

「どうするの?」

「最高額で、今の二〇倍のサラリー、プラス、ストックオプションを提示してくれたセキュリティ企業がありましたが、正直、民間に僕の仕事はない。退屈極まりない。エネルギー省の仕事はどうですか?」

「ここに貴方ほどの才能は要らない。大人しくフォートミードに戻ることね。そのヴィレッジとやらは、当然警備部隊はいるんでしょう?」

「ピストルと、テーザー銃だけですね。でも、近所のプレッパーズから、それなりの量の武器弾薬を入手し、防塁を築いて待機しています。NSAから派遣されているのは僕を除くとエンジニア職ばかりで、誰も銃を撃った経験は無い。どのくらい持つかはわかりませんが。どうせ夜明けまで騎兵隊は来ないでしょう?」

「最悪の場合は、モーゼスレイクにこの〝イカロス〟を降ろし、武装した軍人らを向かわせます。ほんの十人だけど」

「よして下さい。M・A。ひょっとして〝イカロス〟の本当の任務を知らないんですか? お体を大事に。何かあったら、アリムラ大将に伝えて下さい。ここの防備は鉄壁にした。他所で役立てるよう、手順は残しておいたからと」

「暴徒の先鋒はすでに街中に入っているという情報がある。気を付けるのよ、タイガー・キム。M・Aアウト——」

ヴァイオレットは、いったい何時間を無駄にしただろうかと悔いた。全部、自分の責任だ! そもそも、最初の時点で、ワシントン州の電力消費量を確認しておけば気づけた話だ。カーソン少佐の忠告にも耳を貸さなかった。

　全く、間抜けな事態だった。

「ご免なさい、レベッカ。貴方の忠告に従うべきだった。取り返しが付かないミスだわ……」

「何とかしましょう。まだ始まってもいない。挽回は出来るはずです」

「そうだと良いけれど……。モーゼスレイクより近くに、このサイズの機体を降ろせる場所はないのね？」

「北東にあるエフラタの市営空港。ここの方がクインシーに近いです。滑走路長を見ると、降りられないことはありませんが、大型機の離着陸に耐えられるかどうか。街に近いことを考えると、救援機が降りてきたと避難民が錯覚する可能性もあります。モーゼスレイクなら、何かあってもすぐ離陸できます」

「わかりました。この機体、武器は積んでいるのよね？」

「バスケス中佐に確認します――」

　カーソン少佐が一瞬出て行ったが、すぐバスケス中佐を連れて戻ってきた。

「装備目録では、一個分隊分のM‐4カービンを装備しています。ただし防弾ベストの類いはありません。空軍の警備兵は四名搭乗。われわれも出るとして、なるべくエンジニアやパイロットは除外して……、そうですね。十数名の陸戦隊なら確保できます。あとは、降りた先で、借りられる車両があるかどうか……」

「問題はそっちね。クインシーから迎えの車は出せないかしら？」

「渋滞にはまります。モーゼスレイクの街自体は大きい。しかるべきルートを押せば、車は市内で手配できるかも知れませんが。この停電下では……。それに、この機体を地上に長時間、留め置くこともお勧めしません。いよいよとなれば、避難民の車を徴発して引き返すのもありですが。それと、日本の空輸部隊が、解放軍戦闘機の迎撃を受けたそうです。撃退はしたが、民航機の退避を含めて、危険だと判断せざるを得ないと」

「詳しい情報を頂戴。降ろしましょう！　陸戦隊を編制して降ろし、すぐ離陸します。方法は任せることにして、移動手段を入手してクインシーへ向かってもらいます」

「自分が指揮を執るということでよろしいですね？」

「貴方がここにいる必要は無いの？」

「指揮官の代えならいくらでも利きますから」

「ではお願い」

ヴァイオレットは、この機体の秘密とは何だ？　と聞こうかと思ったが止めにした。彼は喋らないだろう。

イカロスは、モーゼスレイク空港上空で、ゆっくりと旋回しながら高度を落とし始めた。

土門陸将補は、ヤキマの南西方向に位置するヤキマ国際空港にいた。

指揮車両〝エイミー〟を降りると、エプロンでエンジンを止めたDHC‐6〝ツイン・オッター〟へと近付いた。

民間航空パトロール(CAP)のパイロットであるジェシカ・R・バラード大尉が降りて来て敬礼した。

「ご苦労、大尉！　昨夜の活躍をずっと見守っていたよ。あの乱気流の中、よく頑張ってくれた。今夜の任務は、昨夜より楽なはずだが、敵がMANPADSの類いを持っていないという確証はない。だから、データ・センターに近寄るかどうかは君次第だ。うちのコマンドは、パラシュートを担いでもそれなりに走れる」

「ええ。皆さんプロだそうだから、今夜は気が楽です」

キャビンからもう一人、かつて米陸軍曲技パラシュート部隊〝ゴールデン・ナイツ〟にもいたマイキー・ベローチェ退役陸軍少佐が降りてくる。

「やあ、マイキー！」

と土門は握手を求めた。

「無茶なことをしでかす奴だ。昨夜、なぜあんな無茶を許可したと思う。君がリードすると聞いたからだぞ」

「習志野の連中と飲み歩いていて良かった」

「うちの部隊に与えてくれた君の助言は極めて的確だった。感謝しているよ。君も行くのか？」

「これはわれわれの戦争です。自衛隊の助けを借りるのは申し訳無い。せめて義務は果たしますよ。降下地点は、ＭＡＮＰＡＤＳの発射を想定することになる」

「そうしてくれ。ツイン・オッター二機でまず、うちの一個小隊を降ろし、戻って来て、水機団の一個小隊を、今度はモーゼスレイクまで運んでもらう。そこからは車移動になるが、足の確保を今手配中だ」

装備を担いだ原田小隊が現れた。

「まだ始まってませんね？」

と原田が土門に聞いた。全員すべて顔に迷彩ドーランを塗っていた。

「ああ。スキャン・イーグルを一機、クインシー上空に向かわせた。まだ始まった形跡は無い」

「その、セルというか、ナインティ・ナインの想定規模はどのくらいですか？」

「現状では、コアとなる極右集団が途中でオルグした連中も含めて、大隊規模には膨れ上がるだろうと予測している」

「それを全員、排除して良いんですか？」

「クインシーには、ＮＳＡのデータ・センターがあるんだそうだ。倉庫にそういう看板は出ていないそうだがな。それを失うと、西側の安全保障に致命的な打撃となる」

「われわれはファイブアイズのメンバーではないし、そこには、ＮＳＡが勝手にハッキングした日本政府や私企業のデータも仕舞ってあるんですよね？」

「俺だってそれを言いたいけどな。ましかたない。続いて、水機団一個小隊をモーゼスレイクまで運ぶつもりだが、正直、そこから陸路で辿り着けるかどうかはわからん。足の確保は難しいだろう。状況を見て、可能なら更に増援を送り込むし、最悪の場合は、ナンバーツーも引っこ抜いて空挺降下させる」

「隊長、これ無理ゲーじゃないすか？」

と対物狙撃ライフルのＧＭ６〝リンクス〟を担ぐヤンバルこと比嘉博実三曹が土門に尋ねた。

「なんでだ？」

「だって、敵は重機関銃を持っていたとしても、俺たち相手には素人同然。何百人いようがミンチに出来る。で、敵はこちらを突破出来ないとわかったら、住宅街に火を放って街ごと焼き尽くそうとするでしょう。元から放火が大好きな奴らだし、その街は、そのデータ商売で潤っているとなれば、奴ら99パーセントから見れば、その街の住人は1パーセントの敵だ。俺たちは、街中までは守れない。だったら、街を焼け野原にされるより、さっさとそのデータ・センターを明け渡して破壊させた方がましでしょう。あとで恨まれますよ。われわれがデータ・センターを守って戦ってなければ、街は平和だったと」

「そうなるかもしれんが、それは俺たちが決めることじゃない。よし、行け！」

原田小隊が二機のツイン・オッターに乗り込んで離陸していく。

衛星携帯を両手に持つ恵理子が走り回っていたが、ツイン・オッターが離陸すると、日本の民航機が一機着陸してきた。

「おい、あれは何だ！」

と土門は娘に怒鳴った。

「第3水機連隊のもう一個中隊よ！　エルメンドルフへ向かっていた部隊。こっちへ直接呼びました。なので、ここの一個中隊は、まるまる出撃して構いません」

「あれに乗せて良いのか？」

「いえ。この機体は、ヤキマまで辿り着いたアジア各国の避難民を乗せてバンクーバーへと向かいます！　それより、北太平洋航路が閉鎖されました。シアトルから飛び立つ予定だった避難機には全部ホールドが掛かっている」

「なんでだ？　そんなことをしたらまたダラスの二の舞になるぞ。燃料を満載した旅客機をこの非常時に空港内に留め置くのは危険だ」

「それが、ここへ向かっていた空自の輸送部隊が、解放軍の空母戦闘機の歓迎を受けたんですって。眼の前をフライパスして乱気流を起こされ、みんな酷い目に遭ったそうよ。幸い、味方の戦闘機、自衛隊の戦闘機がいて、追い払ってくれたらしいけれど。それで、この航路は、避難民を乗せた中国の民航機も使っているから、中国政府からそれなりの詫びと、二度としないという確約が得られるまで航路が閉鎖されました」

「米空母はどこにいるんだ？」

「さあ。中東じゃないのかしらん」

搭乗ゲートまで移動してきた民航機から、装備を担いだ第3連第2中隊が降りてくる。それを連隊長以下が出迎えていた。

続いて、今度こそようやく、空自のC-2輸送機が降りてきた。だが、数が合わない。着陸してきたのは二機だった。二機は、駐機エリアには近寄らず、滑走路端でUターンして、そのまま離陸態勢を取った。

「六機飛ばしたんだろう？ 何を積んでいる？」

土門は、娘と一緒にエイミーに乗り込みながら尋ねた。

「ええと……、何だったかしら、どこかにメモしたはずだけれど、ちょっと開けて見ないとわからないわね」

一機の後部ランプ・ドアが開き、大型車両が出てくる。バカでかいことはわかったが、暗闇で何の車両かは良くわからない。一瞬、野砲かペトリのミサイル・システムだろうかと思った。

「ああ、そうそう！ これは〝ベス〟ね。姜二佐用に〝ベス〟をここで降ろします」

「はあ？ 〝ベス〟って、あの〝ベス〟のことか？」

「ええ。あれが〝メグ〟に見える？」

「なんで？」

「だって、パパは〝メグ〟とか欲しいって昨夜からぼやいていたじゃん。この都市部展開汎用指揮通信車〝エイミー〟じゃ小さすぎると」

「戦争が始まろうってのに、なんでこんな無駄なものを運ばせるんだ！ あのさ、〝ベス〟って、牽引車まで入れたら二〇トン近いよね。二〇トン積めたら、避難民用の食料医薬品や、せめて鉄砲の弾の方が使い物になると思わなかったか？ あるいは電池とかソーラー・パネルとか」

「そういうのって、だいたい民航機でも運べるわよね？ で、こっちへ来る民航機はどうせ客はいないから、政府が借り上げて荷物を載せた方がエアラインも助かるでしょう。〝ベス〟は軍用輸送機で無ければ運べない」

娘は昂然として反論した。

「まさか、〝メグ〟＆〝ジョー〟も呼んだのか？」

「はい。それは、二機が積んで、モーゼスレイクに、今頃降りた頃じゃないかしら。残る二機は、ブッシュマスター装甲車一台と、小型車両に武器弾薬かしら。あと、オージーのC - 17が三機いて、それも借りました。もともと横田に飛んできて、周辺各国と訓練して帰るところだったのを瀬戸際で足止めして、荷物を積ませて飛んでもらいました。彼らは、これから全米各地に飛んで、同胞を収容して引き揚げます」

「じゃあ、足はあるんだな？」

「はい。水機団でも利用可能です。モーゼスレイクには、たぶん今8両のブッシュマスターがいます！　そりゃ、ブッシュマスターはオージー製ですからね。『運んでくれませんか？』と日本人がお辞儀して頼めば、彼らは二つ返事よ。自国製兵器がアメリカを救って大活躍するとなれば」

もう一機のC - 2輸送機から、ブッシュマスターが一台降りてくる。その奥にも何かありそうだった。ネットを被せられたコンテナがあった。

赤い暗視照明の奥から、「こいつ、どうしますか！」とロードマスターの隊員が聞いてくる。

「ものは何だ？　武器弾薬か？」

と土門がエイミーを降りてランプドアに足を掛けながら質した。

「武器と言えば、武器ですが。〝ラピッド・ドラゴン〟です」

「何だ？　それは――」

「ミサイルで、ありますが？……」

「ミサイル？　聞いたこともないぞ」

「ああ、それは良いですから、隊員さん。この空港は狭いので、いったんモーゼスレイクまで飛んで、向こうで待機して下さい」と恵理子が頼んだ。

「それで良いんですか？」

とロードマスターは土門に聞いた。

「ちょっと待ってくれ！」

土門は、「何だあれは？」と娘に聞いた。

「だからミサイルよ。来月、実射訓練で訪米するとスケジュールにあったから、積めるものなら、持って来るよう命じました」

「誰が命じたんだ？」

「外務省です。つまり私です」

「どこで使うんだ？　こんなもん！」

「昔からパパの口癖だったわよね。理想的な戦場とは何か？　自分一人のために、B‐52爆撃機の大編隊が絨毯(じゅうたん)爆撃を繰り広げるのが理想の戦場だと」

「それは俺の台詞じゃなくて湾岸戦争時の……。まあ良い。出番がなかったら、コンテナだけ降ろしてさっさと引き返させるぞ。冗談じゃ無い。蚊をたたき殺すのに火炎放射器を持ち出すようなものだ」

土門は、水機団第3連隊第1中隊に、二機のC‐2輸送機に乗り込むよう命じた。モーゼスレイクに着陸し、まず、手持ちの車両でクインシーへと向かい、残りは、車両の確保を待てと命じた。

指揮を執る連隊長の後藤正典一佐を呼んだ。

「連隊長、〝メグ〟＆〝ジョー〟という連結型の指揮通信車両がいる。それを貸してやるが、無いことになっている装備だ。コーヒー・マシーンにシャワーにトイレ、ベッドもあるが、綺麗にして返してくれよ」

「マニュアルとかは置いてありますか？」

「ああ、うちの部隊と合流すれば、誰かが乗り込んでくる。だが、肝心なことだ！　不用意にあちこち触るな。ＡＥＳＡレーダーの電源が入って精子を焼き殺し、ミサイルが飛び出し、当然自爆装置も隠してあるからな」

「自分で乗り込んだ方が良いんじゃないの？」

　と娘が提案した。

「お前はどうするんだ？」

「ここで役人としての仕事があります。それとも私がいないと不安かしら？」

「お前、ピストルとか持ってないだろう？」

「そこまで危険だとは思えないわ。司馬さん仕込みの護身術も身につけている」

「わかった！　良いか、移動する時は、必ず水機団員の護衛を最低二人は付けろ！　決して単独行動はするな。外交官が人質に取られたら面倒なことになる」

　土門は、後藤隊長の肩を叩いて、ランプを駆け上った。この部隊がそれなりに仕事すれば、街への放火という最悪の事態もそれなりに防げるだろう。

　アメリカへの恩も売れる。憧れのファイブアイズ入会の心象も良くなるってものだ。

第五章　99パーセント

原田小隊を乗せた二機のツイン・オッターは、イースト・ヴィレッジの北東方向からアプローチした。敵は、事前に潜(ひそ)んでいたとしても、ウエスト・ヴィレッジをまず視界内に収め、イースト・ヴィレッジは無視するだろうと思ったからだ。

昨夜のレーニア山系とは違い、風はほとんどない。参集ポイントを設定し、事前にレッドフレアを落として風向きを読むこともなく、原田小隊は静かに降下した。

ただし、待田ら〝メグ〟に乗り込む要員だけは機内に留まり、そのままモーゼスレイクへと着陸した。

すでにC‐2輸送機が着陸し、その二台の指揮通信車を降ろしていた。正確には、〝メグ〟は指揮通信車両、〝ジョー〟はライフ・サポート車両だ。

〝メグ〟には作戦室や二機分のドローン操縦コンソールがあり、〝ジョー〟にはトレイやシャワー、ベッドとキッチンまで揃っていた。もともと国内外の演習場での宿泊用に装備した代物だった。

待田が〝メグ〟に乗り込んでシステムを立ち上げようとしていると、更にC‐2が着陸してきて、後藤連隊長がブッシュマスターで乗り込んできた。

赤い暗視照明下ながら、モニターが並んだ車内のシステムに目を見張り「いったい、これは何だ!……」と驚いた。

「連隊長、ブッシュマスターに乗れる員数が準備できたら隊列を組んで出発して下さい。全員を待つ必要はありません」

と待田が告げた。

「わかっている。軽装甲機動車もあるからまず二個小隊を前進させる。私はどこに陣取れば良いんだ?」

「運転席側に指揮官用の蚕棚ベッドもあれば、遮光カーテンの隣はソファ付きの作戦室で、それなりのテーブルもあります。トイレ、シャワーは〝ジョー〟の方に。地図をプリントしますか?」

「プリント? プリンターとか積んでるのか?」

「業務用のファックス兼用カラー・プリンタがあります。マイナンバー・カードをお持ちなら、住民票もプリントできます。今でも、衛星経由で日本のネットと繫がっていますから。ジュース類は作戦室にもミニ冷蔵庫が。ホットミールは、〝ジョー〟と連結できればあちらに電子レンジがあります」

「ミサイルとは何のことだ?」

「それは〝ベス〟のことで、こちらにミサイルはありません。ただし、AESAレーダーなら起動できます」

「敵がドローンを上げてきたら対応できるのか?」

「ドローン・ディフェンダーが通用するなら。無理なら、味方のドローンをぶつけるなりMANADSで叩き墜すまでです。ところで、うちの隊長とご一緒では無かったのですか?」

「ああ、何かお嬢様がご心配なようで……。いや、でも一緒に乗って降りたぞ。確か前後のブッシュマスターに乗って出たはずだが、どこで別れたのか」

「まあ良いでしょう」

八両のブッシュマスターと二台の軽装甲機動車に、指揮所要員と二個水機団小隊が乗り込んだ。

出発準備が整うと、地元署のパトカーが先導して出発する。その頃になってようやく土門が無線で呼びかけてきて、〝メグ〟をハンガーの近くまで走らせるように命じた。

全く気付かなかったが、潜望鏡を上げてＥＯセンサーで覗くと、遠くのハンガーの影にボーイング767型機が止まっていた。

土門康平陸将補は、〝イカロス〟の静音ルームに入り、カーソン少佐が淹れてくれたエスプレッソを飲んでいた。

Ｍ・Ａは自分の娘の写真を土門に見せ、土門は、部隊をきりきり舞いさせてくれる娘の話を披露した。

日本語での談笑だったので、カーソン少佐にはさっぱりわからなかった。

「では、土門さんは、父とお会いになったことはないのね？」

「ええ。もっぱら司馬から話を伺うだけでして。ただ、自分の前任者は、幼い頃の貴方とも会ったことがあるようなことを言ってましたね」

「お元気なのね、あの方も」

「あの爺さんは、刺しても焼いても死にはしませんから」

テリー・バスケス中佐がタラップを上がり、息を切らせて駆け込んできた。

「市当局と、車の手配がつきました！　装甲車とはいきませんが、スクールバス他、一〇〇名分くらいの車両は確保できる見込みです」

「ご苦労様です、中佐。命拾いしたわね。防弾ベストもなしに暴徒と撃ち合わずに済んだ」

「はい。将軍のお陰です。そして、先読みに長けたお嬢様の手配の賜物でもありますね」

「では、自分はこれで失礼します。なるべく早く、遠くに移動して下さい。恐らく撃墜されたのは、エネルギー省の所有機だけではないでしょう。証拠が残らないとなれば、彼ら、何だってやりますよ」

「ええ。そうします」

「しかしこれも変な機体ですね。胴体側面にあるアレイは、AESAレーダーでしょう」

「その辺りのことは、なぜか私も詳しく教えてもらえないのよ」

二人の会話は自然と英語に切り替わっていたが、ヴァイオレットは、そこだけ日本語で喋った。

土門は、カーソン少佐にエスプレッソの礼を述べて〝イカロス〟を降りた。


土門が〝メグ〟に乗り込むと、部隊のブッシュマスターを追ってようやく〝メグ〟も発進した。

「それで、まずオージー空軍の飛行隊長に礼を述べたよ。それから、ヴァイオレットが、イカロスの搭乗員で編成していた陸戦隊を止めさせ、代わりに車両を手配してもらった。中隊の残りは、三〇分もあれば出発できるだろう。ああ、連隊長、このコンソールの背後に立つつもりなら、その後ろのバーにビレイを確保した方が良いぞ。急ブレーキや急ハンドルで弾き飛ばされる。できれば、左右両側を止めた方が良いな」

「陸将補、どこかで、うちの部下を何名か拾ってもよろしいですか?」

「もちろんだ。作戦室は自由に使ってくれ。ガル、〝ジョー〟には通信機能はないのか?」

「付けようと思えば可能ではありますが」

「ちょっと検討した方が良いな。それともブッシユマスターを指揮車両に改造した方が早いか」

「指揮車両型も二台持って来ていたはずです。一台は、ヤキマに降りたようですが」

　車両部隊がようやく空港を出て、北西へと向かう17号線に乗った。

「ここさ、やたら広い空港だけど、何やってんだ？　ハンガーも多いし」

「テスト・フィールドですよ。ほら、開発が頓挫した某メーカーのリージョナル・ジェットも、ここで何年もテストしてましたた」

「ああ、あのモーゼスレイクか」

「原田小隊、参集を終えてプランテーションに沿って西へ移動を開始しました。まだ三〇分以上は掛かりますね」

「住宅街に近付くなと警告しろ。賊と誤解されて発砲される恐れがある。これ、スキャン・イーグルのすぐ下を飛んでいるドローンは何だ？　こんな高い高度は、法執行機関のドローンしか飛ばないだろう」

　スキャン・イーグルが、識別不能目標として黄色いコンテナで追跡しているターゲットがあった。

「さっき、デザインを確認しました。ハヤブサです。恐らくＮＳＡの所有機でしょう。アメリカのドローン・メーカーが〝ＨＡＹＡＢＵＳＡ〟と名付けて売っている警戒監視用のチルト・ローター型ドローンです。中身は、今時珍しくほとんど日本製ですね。これ、回収が楽なので、うちも一機欲しいと思っていた所です」

「チルト・ローターだろう？　オスプレイみたいにメカニズムが複雑になって、故障率が上がるんじゃないのか？」

「エンジンだとそうですね。どうしても振動が悪影響を与える。バッテリー駆動のモーターだと、意外に行けるかもしれない」

「あの……、非常に下らない質問というか疑問なのですが、これは誰が運転しているのですか?」

後藤が尋ねると、土門が「それな……」と渋い顔をした。

「いや、日本人だよ。元空挺隊員。もちろん大型特殊の最上級の免許を持っている。普段は、普通の大型コンテナ車を運転して稼いでいる。この車体に会社名のロゴが入っているだろう? 実在する会社だよ。カバーのカンパニーだけどね。この車両を運転する時だけ、予備自として復帰している。国際免許はあったかなぁ! 長引くようなら、こっちでもドライバーを確保しよう。その方が安全だ」

「特戦群ではないので、実はうちも、ブッシュマスターの運転資格を持っている隊員はほとんどいないのですが……」

「だが運転できているじゃないか。戦場では、適応できる者のみが生き残る」

クインシー方向からの道路は渋滞していたが、流れてはいた。北西のエフラタから、そのまま東へ走ってスポケーンへと至るルートと、南へ下って、モーゼスレイクを経由してスポケーンへと至るルートもある。どちらが近いとは一概に言えなかった。だが道が二本に分岐した分、クインシーまでの渋滞が僅かに緩和されている感じがした。

サイト1Aの警備主任、ジョージ・トリーノは、駐車場手前の正面ゲートの灯りを消させた。中庭の息子たちにも、LEDライトの照度を落とすように命じた。

ヘッドランプを点し、ケント・サビーノが提供したM‐16A1ライフルを抱いて施設内の階段を登っていた。

屋上へと出るハッチの手前でライトを消し、作業用の小さなペンライトに切り替えた。夜目に慣れるのを、しばらくそこで待った。

「お前さんのその銃、レミントンの700モデルだろう？　そんな古い銃が今時役に立つのか？」

「これは古いことは古いが、もともと警察の狙撃用に開発された、26インチ・バレルだ。軍隊でそれなりの訓練を受けたわけでもない俺が、最新の狙撃銃を手にしたからと、仕事が出来るわけじゃない。せいぜいが自分の農場で空き缶を並べて撃つ程度の人間には、こういうオーソドックスな狙撃銃が一番使い易い。別にワンマイル射撃をやってのけようというわけじゃないからな」

サビーノは、頭からギリースーツを被っていた。それは膝下まであった。

「それ、要るのか？」

「屋根に出たら、匍匐前進になる。敵のドローンから丸見えだ」

「だが、俺はギリースーツはないぞ？」

「だから、俺とは離れて移動しろ」

「的になれってか？」

「それより、アサルトくらい撃ったことはあるよな？」

「あのさ、ウイリーを覚えているか？　あいつの親父さんがガン・マニアで」

「知っている。フィフティ・キャリバーを何より愛していた。死んだ時、俺に要らないか？　とウイリーが訪ねてきたよ。値段が折り合わなかったから断った。買っとくんだったな。ちょっと後悔している。お前は幸せだったんだな？」

「平凡な人生だった。この街じゃありきたりだろうな。データ・センター絡みの仕事に就き、子供二人を育て、たいした蓄えはないし、夫婦でカリブ海に旅行するわけでもないが」

「俺たちの世代は、良い社会、良い国を作ったと思うか？」

「いや――」

とトリーノは即答した。そして、しばらく考えた。

「……さすがにイエスとは言えないな。俺は、同性愛者を差別する気は無いし、たぶん自分の周りにもいるだろうが、自分の娘や息子が同性愛者だったらどうしようといつも怯えている。農繁期に、大量の不法労働者がやってくるが、われわれが気にしないのは、彼らは、農繁期が終われば去って行くと知っているからだ。中南米からの不法移民がほんの百人もこの街にやってきてキャンプ場でテント暮らしでも始めたら、この街の治安は崩壊する。ガソリン車を使うなって、中国やインドが規制するのが先だよな」

「ほら、お前も立派にトランプ支持者じゃないか？」

「いや、あれは最低だぞ……。自分の中にある差別感情を煮詰めたら、鍋の底に顔を出すのがトランプだ」

「偽善て奴だな……」

ウォーキートーキーで、キム中佐が呼びかけて来た。

「ジョージ、増援が空挺降下して来たが、まだだいぶ遠い。彼らは徒歩で、街の北側のプランテーションを移動している。で、いよいよ敵が現れた。サイト1Aの西端五〇〇ヤード方向から向かってくる。横に並んで、数はまだ二、三〇人だな。全員、武装している。長い銃身が見える」

「了解。十分に近付くまで撃たない。向こうは身を隠せる場所はない。われわれが有利だ。応援が着くまで、ぎりぎり粘ろう。周囲に注意してくれ。奴らも、西側は丸見えだとわかっているから、たぶん囮だろう。本命は死角を利用して近付いてくる」

　遂に、遠くから発砲音が響いてくる。

「もう良いだろう」

　サビーノは、ゆっくりとハッチを開け、屋上へと出た。まず銃を出し、そのまま這い出して匍匐前進で前へと出る。

　続いてトリーノも這い出すように出た。しばらく雨が降っていなかったので、屋根にはうっすらと赤い砂が積もっていた。五ミリ近い深さで積もっている。パウダーみたいに小さな砂だ。それが舞い上がり、目や鼻に入ってくる。不快なことこの上無い。

「どんな感じだ？」

「まだ問題無い。撃っているのは素人だ」

「なんでわかる？」

「曳光弾を撃ってこない。奴ら、自分が撃った弾がどこに当たっているのかわからないまま引き金を引いている」

　トリーノは、ウォーキートーキーを出して息子たちに、姿勢を低くして動くなと命じた。

　息子のタッカーは、10フィート四方の空間に身を潜めていた。壁は、車止めのコンクリートや、廃棄予定のＨＤＤが無造作に投げ入れられたカートで作った。

　カートの中のＨＤＤをきちんと並べたかったが、あまりの数の多さに断念した。それから、水タンクがあった。ヴィレッジの従業員消防隊用に用意されていたバケツ・リレー用のポリタンクだった。一〇リットルほど入るポリタンクを、これも荷物運搬用のカートに放り込んで防壁にした。水は、何より防弾効果に優れる。

　ベッキーを含む五人の生徒らが、そこに踏み留まり、ハヤブサを操作していた。今はベッキーもパイプ椅子を畳み、地面に敷いたシートの上にペたんと座り込んでいる。そして彼女だけが、防弾ベストを着ていた。サビーノが自分用に持っていた一着だけの防弾ベストだった。酷くかび臭かったが、何もないよりはましだ。ヘルメットも借りたが、これは遠慮した。余りに臭いが酷かったし、被ってみたら、異様に重たい。軍人さんがこんな重たいものを被って走り回っているという事実がショックだった。

そして、キム中佐は、その外側で今もせっせと防壁を作っていた。駐車場に停められた従業員の車から、スペアのタイヤをかき集めて積んでいた。これがどれほどの効果があるか疑問だったが、積み上げるのは簡単だし、少なくとも敵から姿は隠せる。施設中庭ドアから身を隠したまま移動出来るよう、片側にだけタイヤを積み、その中にポリタンクを入れた。

「中佐、この近くを見張るために、クアッド・ドローンを飛ばした方が良いと思うけど？」

とタブレット端末を持つタッカーが提案した。

「同感だ。だが、まだ早いな。クアッド・ドローンはほんの二、三〇分しか飛べない。いざという時に上げよう」

「中佐は、そのM‐16を撃てるんでしょうね？」

「軍人はさ、年間何発撃てという決まりがあるんだけどね、僕らみたいなエンジニアはまあ、射撃場でトレーナーが用意してくれた銃の引き金に触るだけだよ。撃てるなんてとても言えないね」

キムは、M‐16を担いではいたが、マガジンは装塡していなかった。するつもりも無かった。暴徒を殺すことは何とも思わないが、自分が引き金を引いても当たらないし、事故のもとになるだけだ。

「増援はどの辺り？」

「ヤフーウェイの北は過ぎたよ。つまりイースト・ヴィレッジまでは来た」

「もっと近くに降りてほしかったな。まだ二マイルはたっぷりある」

施設を挟んだ西の方角での発砲音が激しくなった。まるで花火みたいに聞こえてくる。それに対して味方の発砲は無かった。

「タッカー、しばらくイースト・ヴィレッジの存在は無視しよう。ハヤブサで、ウエスト・ヴィレッジ周辺を見張ってくれ。とりわけ、あちこち死角になりそうな場所を」

「サウス・ウエストの住宅街から来ると思うわ」

とベッキーが言った。

「どうして?」

「だって味方は住宅街へ向けて発砲は出来ないでしょう。あちこち隠れる木陰はあるし、そこを出たらポテト工場の巨大な建物沿いに前進できる」

「ここだけの話。あの巨大な工場をデータ・センターと勘違いしてほしいよ」

「それは困ります。うちの母親、病気で辞めるまで、あそこで働いていたので。お世話になったわ」

「ご免、撤回するよ。ああいう工場は大事だよね。雇用を維持して地域経済にも貢献している。データ・センターなんてさ、完成しちゃえば、雇用は数えるほどだし」

「ハヤブサの周回航路をキャンセルして呼び戻します」

「中佐は、今年とか来年にはもうワシントンDCに戻るんでしょう?」

とベッキーが聞いた。

「そうだね。軍に留まるならそういうことになるね」

「まるで他の惑星の人間だわ。私なんて、この州の外に一度も出たことがない。テーマパークとか、ニューヨークとか行ってみたかったわ……」

「僕のことを教えてあげよう。韓国系の移民。サンフランシスコから車で三時間のレディングという山間の街の出身だ。観光地として最近人気がある。アウトドア・スポーツが流行っている。そこで、親はお決まりのクリーニング店を営んでいた。僕は、漠然と、親の仕事を継ぐんだろうなと思っていた。一生この街で暮らし、たまにサンフランシスコに息抜きに出る。ハイスクールで、プログラム・クラブに入った。ただでパソコンを弄れると思ったからだ。顧問の先生が良くしてくれた。君は才能があるから、こんな所で終わるなと励ましてくれた。プリンストン大学で――」

「それ、ただのサクセス・ストーリーだよね?」

　とタッカーが話を遮った。

「いやそうじゃない。家に金は無かったし、僕は学費免除の特待生扱いを受けるために必死で勉強したよ。軍の予備役将校訓練課程(ROTC)にもエントリーして、みんなが週末をエンジョイしている時に、泥にまみれて訓練していた。就職先は、有名企業をどこでも選べた。それこそ、ここにデータ・センターを置いている全てのIT企業から案内が届いたよ。でも、違うことをしたかった。だから、軍で、最先端のプログラム技術を学ぶことにした。他の誰も知ることの無い世界を覗いてね。つまり、何を言いたいかというと、人生、先のことは本人にすらわからない。僕の本拠地は、ワシントンDCだったけれど、別に何があるというわけじゃない。政治に関心はないし、リモート・ワークが許されるなら、今でも、あのクリーニング店で店番しながらでも仕事したいと思っている。結婚でもしてね。君たち若者にとって、ここが退屈な街だということはわかる。でも、街を出る術はあるし、まだ諦める必要は無い。そしていつか、故郷を懐かしむ日も訪れる。ここでの経験は無駄じゃなかったと」

「ちょっとサウス・ウエスト地区を観察してみよう」

タッカーが、ハヤブサの高度を少し下げ、南西の住宅街へと操った。

乗用車が何台か街の中を走っている。速度は知れていた。地域住民の車ではない。その内の何台かが止まり、人間が降りるのがわかった。住宅街の中で車を乗り捨てていた。

たぶん棒状のものは銃だろう。

「彼ら、どうやって地理を把握しているんだろう」

「教会の尖塔じゃないかな。あの照明、結構遠くからでも見えるよね。事前に消させるべきだったな」

ウエスト・ヴィレッジは、今、西と南から包囲されようとしていた。


〝メグ〟の指揮通信コンソールでは、時々、原田三佐のぼやきが無線に入ってきた。辺りの風景が全く変化しない。まるで環状彷徨に陥ったみたいで、このプランテーションはどこまで続くんだ？　と待田に聞いてきたほどだった。

「ここは本当に、データ・センターの街なのか？　どうみてもプランテーションの街だろう？」

と土門が言った。

高度を取るスキャン・イーグルの眼下には、センター・ピボットが作るサークル型の巨大な畑が無数に広がっている。まるでオセロゲームの駒を見ているような風景だった。

「ここは、いわゆるコロンビア盆地の一角です。カナダ国境を越えて続く広大なエリアで、雨は少ないが、そのせいで、その気候向きの作物が育つ。たとえば、ポテトですね。ここクインシーには全米屈指の巨大なポテト工場があって、そこで加工されたポテトが日本にも輸出されています。ポテト・チップスに、ポテト・フライにと。たぶん、日本のメーカーからの検査員とかも常駐しているはずですよ」

待田が地理の蘊蓄話をした。

「そんなはずはないぞ。娘の話じゃ、ここに暮らしている日本人は一人だけだと言っていた」

「それもおかしいですね。ここには、日本の名だたるIT企業の名前が付いたサーバーセンターが三つも四つもあって、通りにその企業の名前だって付いている。たぶん人口一万人以下の小さな町で、ここほど日本と深い関わりがある街は無いでしょう。クインシーは間違いなく、日本のIT企業を支えています。自分の感覚じゃ、日本人駐在員が二、三〇人暮らしていてもおかしくない」

「そうなのか？　偶然とはいえ、それで日本企業の財産を守れれば何よりじゃないか。じゃあ、日本のインターネットと繋がっているはずなのに、ニュースサイトが軒並みダウンしているのは、ここが停電しているせいなのか？」

「たぶんそうですね。CDN、コンテンツ・デリバリー・ネットワークという仕組みです。エンド・ユーザーであるわれわれに、大量のキャッシュ・データを瞬時に送るなんてことは、新聞社もテレビ局も出来ない。こういう所に依頼してそれを代行してもらいます。日本国内でアクセスして日本国内のサイトにリクエストしたつもりのデータが、実は日本国内で送信されているのではなく、はるばる太平洋を渡ってここクインシーから出ていた。そういう話になります。意外に縁があるでしょう？」

「それ、縁があるって次元じゃないだろう。運命の悪戯というか奇跡というレベルだな。俺たちが毎日アクセスして読んでいるニュース記事が、こんなカナダ国境に近い誰も知らない小さな町から発信されていて、俺たちは言わば、はるばる聖地巡礼に来たようなものだよな」

「はい。その聖地を守って復旧させないと」

「皮肉ですね……」

と隣で聞いていた後藤一佐が漏らした。

「皮肉？」と土門が聞き返した。

「ええ。自分は、淡路島の出身です。いつも海の向こうを大型の貨物船やコンテナ船が往き来していた。神戸に向かう船です。関空がオープンした頃、離着陸する飛行機を見ながら、ああ、あの飛行機やコンテナ船に乗れば、外の世界に出られるんだと思っていた。ここの住民は、世界の食料やデータを守って文明社会を支えているのに、その暮らしは慎ましいというか、あまりに田舎だ。たぶんここの暮らしは、離れ小島みたいなものでしょ。自分にはわかります。この陸の孤島で生まれ育ち、死んでいく者の悲哀が……」

「なるほどな。彼らの生活の糧を守ろうじゃないか。赤の他人の騒乱だと思ったが、少なくともここには日本の国益がある。信じられないことだが、たかだか八千人の街に来てみれば、そこは日本の生命線だったなんてな」

車列はようやく、中間地点のエフラタに達しようとしていた。渋滞とは逆方向の流れとはいえ、戦場までまだ三〇キロはあった。

原田拓海（たくみ）三佐は小休止を取った。地面の窪みを探して、さらにしゃがみ、輝度を落としたタブレット端末で、自分の位置を確認した。

「ベローチェ少佐、しかしここはまあ、見事なプランテーションですね？」

「日本にだってホッカイドウとかあるじゃない

か？」

「いや、ホッカイドウとは規模が百倍は違いますよ。幸い、暗視ゴーグルを使わなくとも目印はありますが……」

「ああ、あれは拙いな。住宅街のもう外れだから、教会の尖塔の類いだと思う。消させるべきだ。襲撃者に地理を指し示している」

「同感です。リザード、ヤンバル！　他二名連れて、あの灯りの源へ行ってくれ。そして、電気を消してくれ。もし教会の尖塔だったら、上に登って狙撃位置に就け」

「了解。神父様とか牧師様が、断ったらどうします？」

「残念だが、強制的に切って構わない。街の安全の方が優先する。行ってくれ」

「了解です。フォール、それにタオ、付いてくるか？」

「もちろんです！」と黄色い声がした。小隊に二名迎えた新人隊員のうちタオこと花輪美麗（はなわびれい）三曹が声を上げた。

　フォールこと各務成文（かがみしげふみ）三曹は、レスリング選手。レスラーのフォールを尖塔の下に置いておけば、格闘技は素人同然のタオを守れるだろうと思った。

　リザードこと田口芯太（たぐちしんた）二曹は、部隊から別れて足早に歩き始めた。

「どうもしっくり来ないな……」

　と比嘉がぼやいた。

「何がだ？」

「うちに女コマンドとか必要だと思います？」

「隊長が決めたことだ。役に立つ場面だってあるだろう」

「面倒見切れないし、気が散るじゃないですか」

「止せ。本人に聞こえる場で言うのはパワハラだぞ」

「自分だって納得してないくせに……」

「タオ、君は足手まといにはならないよな?」と田口は正直に聞いた。

「自分は、語学要員としてスカウトされたつもりですから、足手まといとか言われても困るんですけれど。この町、中国人はいなさそうだし」

「どこかで、解放軍の捕虜を取ることもあるさ」

花輪は、台湾人の母を持ち、日本、台湾、どちらでも生きられるよう教育された。

田口は、無線で待田を呼び出した。誘導が必要だった。

「リザードからガル。かなり強烈な灯りがある場所が見えているが、ここは教会なのか?」

「そうだ。教会の尖塔だ。教会の中にはたぶん避難民が一定数いるようだ」

「そこへ向かう。そしてあの照明を落とさせる。ルートをフォローしてくれ」

「ガル、了解——。すでにそこいら中を暴徒が走り回っている。出会い頭の撃ち合いに備えてくれ」

「フォール、出会い頭に暴徒と遭遇するようなら、突進してひっくり返してくれ。住宅街で撃ち合いは避けたい」

と田口は新人に告げた。

「了解です。ひっくり返した後はどうしましょう?」

「結束バンドで手足を縛って道路脇に放置だな。時間は掛けられない」

ハイスクール脇を通り、ノース・イーストの住宅街西側へと走った。暗いのでほとんどわからないが、碁盤の目状に整備された住宅街に、ほぼ似たような造りの戸建てがびっしりと建っている。高度成長期の日本の新興住宅街を、十倍大きくした感じだ。

その端を回り込むと、そこにも教会が建っていた。そこは真っ暗闇だった。住民の姿はもちろん見えない。敵もまだ見えなかったが、すでに目指す教会付近までは敵が近付いているはずだった。

だが、そのサウス・ウエストの住宅街外れの教会まで、まだ三キロはあった。


八〇万平方フィートに及ぶサイト1西側には、巨大な変電設備があり、その西側には警備隊や少年らが立て籠もる南北三〇〇メートルもある巨大ストレージがあった。それがサイト1Aだ。

十数棟に及ぶサイト1の他の施設は、東西に長辺を持つ建物だが、この建て屋だけがまるで壁のように南北に長辺を持つ。

警備チームは、その三〇〇メートルの建物を背負い、西側を睨んでいた。地平線の彼方までジャガイモ畑が延々と続く。身を隠せる場所はほとんどない。

施設に対してやや斜めに走る作業用の道を、武装した人間が時々発砲しながら向かってくる。

サビーノは、サイトのフェンスに数名の敵が取り付くまで待ってからようやく発砲を命じた。

一斉発砲だった。まずフェンスをよじ登ろうとしていた連中が倒れた。皆が蜘蛛の子を散らすようにジャガイモ畑や、すぐ隣を走る農業用水路(クリーク)へと逃げ込む。

レミントンM700に装着した暗視スコープを覗くサビーノは、その発砲音に紛れてボルト・アクションの引き金を引いた。脅威度の高いターゲットから狙った。命中し、当然音も無く、相手はパタッとその場に倒れて動かなくなった。

人を殺したのは初めてだったが、特に思うことは無かった。敵の注意を引くことなく、次のターゲットを狙って引き金を引く、そのことに集中した。

狙ったのは、明らかにアサルト・ライフルを所持している相手からだった。西から近付いてくる敵は、だがまだ数は知れていた。ほんの四、五〇人に過ぎない。

この後、車で駆けつける敵の数はわからなかった。警備員がモニターしているモービル・ハムは、しきりにクインシーを連呼していた。クインシーや、GAFAMの具体的企業名を連呼し、倒せ！潰せ！ と過激な言葉が飛び交っていた。これは99パーセントの正義の戦いだと煽っていた。

「ジョージ、弾を節約させろ」

「何だって？」

と耳栓をしたトリーノは聞き返した。

「連射せずに弾を節約させろ。俺は、銃はコレクションしたが、基本的に自分が一人で撃つ分の弾しか集めていない。連射していたんじゃ、朝まで弾は持たないぞ」

「そんなに攻めてくると思うか？」

「思う。それに、この夜を凌いだとして、明日は平和が戻ってくると思うか？ アメリカはディストピア世界になる。奴らはゾンビみたいなものだ。無限に湧いてくる」

「俺はたぶん、明日の夜明け頃には、ここを守る価値があったのか？ と疑問を抱いていると思うね」

「ここだけ狙われるようならな。だが、敵はそこまでバカじゃない。住宅街に火を放ち、町ごと焼き払おうとするだろう。こんなに乾燥していたんじゃ、一度火が点いたらあっという間に燃え上がるぞ。最初は烏合の衆だが、やがて誰かが指揮して暴徒を率いることになる」

まさにゾンビの群れだった。ほんの一分ほど動きが止まったが、一人、また一人と立ち上がって進んでくる。

　再び、警備チーム、そして従業員の一斉発砲が始まる。サビーノは、その発砲音に紛れてまた引き金を引いた。距離四〇〇ヤードで、この命中率は悪くないと思った。

　だが、いずれ奴らも気付くだろう。自分たちが狙撃されていることに。


　原田小隊はまだ走っていた。町の外れに降下したつもりだったが、恐らく目指すべきウエスト・ヴィレッジからは十数キロは離れていた。ひょっとしたら二〇キロ近く離れていたかも知れない。

　途中で、早々とパラシュートは捨てた。後で回収に来ることにした。部下のほとんど全員が、降下ポイントのミスを指摘したが、明らかに、重大な反省材料だった。これでは、C‐2で乗り込んだ水機団に先を越されてしまう。別にそれでも構わなかったが……。

　銃撃音は、始まっては終わり、終わっては始まる。まだ曳光弾が見えないので、敵が素人集団であることはわかった。

「なぜ、こんなことをするのですか?」

　と原田は、隣を歩くマイキー・ベローチェ少佐に聞いた。

「なぜ?　どういう意味だね?」

「弾が当たったら死ぬ。データ・センターを破壊して何になるんですか?」

「ああ、ああなるほど……。それを日本人に理解してもらうのは難しいかもな。私の乏しい日本の知識によれば、日本は均質な社会で、町はどこも平和だ。ギンザのど真ん中でドラッグが売り買いされることもなければ、警官が有色人種相手に銃をぶっ放すこともない」

「最近は違いますけどね。どちらもたまにあります」

「二〇二一年の、議会議事堂占拠事件の話をすれば、議事堂に侵入した暴徒の平均年齢は四〇歳だった。分別盛りだ。元軍人、現役の軍人もいた。そんな彼らが、ディープ・ステイトだの真に受けて、オルタナ右翼だのに煽られ、あんな馬鹿なことをしでかした。記念写真や動画なんぞ撮ったら、あとで証拠として使われることはわかり切っているのに、彼らは笑顔で写真を撮り合った。実に愚かな連中だと思うだろう。あんなことで二〇年の懲役刑を喰らった奴もいるんだぞ。

この四半世紀、アメリカでは中間層がごっそり失われ、皆、守るべき暮らしも無くなった。そして、アメリカは銃社会だ。君たちは、ストライキやデモで意志表示するだろうが、われわれは銃で意志表示する」

「日本の中間層も同じく脱落しましたが、日本人はストライキはしないし、デモもうしません」

「じゃあ、どうやって意志表示するんだ？」

「そうですね……。電車に飛び込みますね。電車に飛び込んで全てを終わらせ、あるいは、自分より弱い者を攻撃して憂さ晴らしし……。アメリカ人とはだいぶ違う」

「それはまた陰湿だな。まだGAFAMに向けて銃をぶっ放した方がましだぞ。精神的に健全だと言える」

「やはりそこですか……」

「そうだな。アメリカ人にとっては健全な抗議方法だ。デモもストもまどろっこしい。だが、GAFAMは、人々の暮らしを情報という新しいドラッグ漬けにして、それまでの生活様式を一変させた。見方によっては、旧来の平和な暮らしを奪ったということだ。一発ぶっ放してみたいと君は思わないか？」

「日本にはＧＡＦＡＭは産まれなかったから、そこまでの憎悪はないですね」

「ウォルマートというスーパーがあるだろう。今もでかいが、昔ほどじゃない。彼らもアマゾンに殺られた。前世紀、ウォルマート旋風が全米を吹き荒れ、地域社会の小さな店舗を次々と潰していった。それこそ、ブルドーザーで地ならしするみたいに根こそぎ小売りを潰していったよ。自分が生まれ育った街もそうなった。その便利さを享受しながら、当時は、誰も思わなかった。ウォルマートを潰せるようなビッグ・ブラザーがやがて生まれるなんてね。ＧＡＦＡＭを潰す次のビッグ・ブラザーが生成ＡＩだとしたら、その心臓部は、ここクインシーにある。それを倒そうとするのは、文明人の防衛本能かも知れない」

「それは皮肉ですね。ＧＡＦＡＭは、自らが研究開発に躍起になっている生成ＡＩに倒されるのですか？　それこそスカイネット社の誕生だ」

「同感だ。だが、こうも思うよ。自分はたまたま今こちら側にいるが、紙一重だったかもしれないとね。自分が、襲撃する側にいた可能性はある。それは決して低くない。ともに中東で戦った戦友が敵側にいたとしても私は驚かないし、たぶん責めもしないだろう。あの不毛な戦いで大事な息子や愛する夫を失った者たちは、皆思っているさ。1パーセントの金持ちが、99パーセントのアメリカ人を搾取する社会を守るために、自分の愛する者たちは犠牲になったのかと。それは全く正しい疑問であり抗議だ。君らだって、戦争してみれば少しはわかる。地球の反対側で戦い、国の中でドラッグ戦争を戦ってみれば、この国の異常さが理解出来るよ。なかなかこれ、外の世界には説明できないね」

「でも、少佐は引き金を引くんですよね？」

「ああ。今は予備役とは言え、私は職業軍人だ。政府を守ることに躊躇いは無い。君を背後から撃つような真似はしないから安心してくれ」

原田は、農道を小走りに歩きながら、自分も、あの微かな尖塔の灯りを目印に歩いていることに気付いた。一刻も早く、あれを消さねばと思った。今夜は月夜だが、雲が出ていて空は真っ暗だ。襲撃者は、スマホのバッテリーも切れた頃だろうから、たとえGPSを頼れるとしても、導く灯りがなければ、自分の現在位置すらわからないはずだった。

田口らは、走りに走ってようやく教会に辿り着いた。尖塔の近くまで来ると、くっきりと自分の影が出来るほど明るい照明だった。

駐車場奥の教会の扉は開け放たれている。しかも、奥からは灯りが漏れてくる。呑気な神父さんだと思った。

「タオ、神父さんに挨拶してくれ。俺たちの格好はちょっと酷い。死神に間違われかねない」

田口と比嘉はギリースーツ姿だ。田口はフード部分を脱いだが、それでも民間人ならショックを受けるだろう。せいぜい、中国軍が攻めてきた！と教会の奥からショットガンを喰らう羽目になる。

タオが、開け放たれたドアから教会の中に入っていくと、しばらくして手招きした。灯りはあることはあるが、かなり暗い。LEDランタン一個で照らすには、教会は広すぎた。

中に入ると、タオが北京語の早口で喋りまくっていた。陽気というか、少しハイな感じがした。当然のことだろうが、大勢の避難民がいた。だが、顔を見ると、ほぼ全員が東洋人だった。

「この人たち、日本人に韓国人に台湾人です！同胞です」

「旅行者じゃないよね？」

「違います――」と壮年の男性が日本語で答えた。

「望月と申します。日本人が、ここに二六名。韓国人が一六名、台湾人が一〇名います」

「ご苦労様です。こんな格好で失礼します。自分らは陸上自衛隊の邦人救出部隊です」

背後から、子供が「スゲー！　スナイパーだ」と漏らすのが聞こえた。

突然、頭上のステンドガラスが割れて女性の悲鳴が上がった。流れ弾だった。

「皆さん、姿勢を低く！――」

「ここがどういう町かご存じですか？」

望月は全く動ぜず、立ったまま尋ねた。

「はい。データ・センターと農業の町で、日本の三大キャリアや巨大IT企業もサーバーを置いてますね」

「そうです。自分はそのIT企業の現地駐在員です。もう二〇年ここにいます。ここにいる全員が、そのサーバー関係か、ポテト加工工場に派遣されている日本企業の社員です」

「それは変だ。シアトルの総領事館では、ここにいる日本人は一人だけだと言う話でした」

「それが自分です。今は単身赴任なので。ご存じかどうか、アメリカは就労ビザの取得が年々難しくなり、企業もいろいろ知恵を出しています。それで、実際にはそこにいる同胞が、お役所的にはいないことになっている」

「どうしてこんな所に？」

「暴徒はいずれ、住宅街に火を放つでしょう。しばらく前から、大陪審票決が出て社会が不穏になったら、教会に避難しようと皆で話し合っていました。神父さんを紹介します」

祭壇の近くで、椅子に座る神父がゆっくりと立ち上がって一礼した。老人だが、東洋系の顔立ちだった。

「マイク・タナカ神父です。私は二〇年、ここでお世話になった」

「ああ、自分はただの仏教徒なのですが、ここは、片膝を付いて挨拶すべきですか？」

「いえ。彼は日本人のことを良くわかってますよ。日本語は片言だが、祝福は貰えます。どんな宗教だろうと」

「では、早急にお願いします！　尖塔の灯りをすぐ消して下さい。暴徒たちは、この照明をランドマークにして移動しています」

「そうなのですか！　全然気付かなかった。よかれと思ってしたことだが……」

望月が早口の英語でまくし立てると、誰かが祭壇裏の部屋へと走った。しばらくして、ようやく照明は消えた。

「ここには地下室か何かありませんか？　銃弾を防げるような安全な部屋が」

「地下室は無いですね。建物自体は頑丈です。窓やステンドガラスはどうしようもないですが……」

「テーブルと椅子を窓際に立てて、弾避けにして下さい。ここは戦場になります」

「そうですね。十字路の角にあり、もともと目立つ場所です」

「われわれはあの尖塔に陣取らせてもらいますので。銃撃戦が始まったら、ひたすら身を低くして下さい」

田口は、いったん外に出ると、無線で状況を報告した。

ここはチョーク・ポイントだ。銃座を設けるには良い場所だが、敵にとっても、ここを抑えたら有利になる。水機団の最低一個分隊を回してくれるよう頼んだ。

そして、教会の扉を閉めさせた。

「俺とヤンバルは、尖塔の上に昇って、まず周囲の状況を確認する。フォールとタオは、地面に伏せて十字路を見張れ。暗視ゴーグルを使え。西と、南方向だ。自分らがカバーする。水機団が到着するまでここを支える」

「了解です。撃って良いんですね？」とフォールが確認した。

「暴徒と自警団の見分けがついたらな」

「珍しいですね。ここはアメリカなのに、ラウンドアバウトの十字路だ。歩道はあるが舗装はされていない」

「身を隠す場所を選べ。敵はやがて、ピックアップ・トラックで轢き殺しに来るぞ」

田口と比嘉は、尖塔の中に入り、普段全く使われた形跡がないラダーを昇って鐘楼のトップへと出た。周囲に、ここより高い建物はない。狙撃に適した場所だが、町のどこからでも見えるということでもある。足場は、作業用の狭い仮設足場があるだけだ。

二人は、ハーネスを鐘の上の輪っかに確保してから狙撃準備に取りかかった。だが、触ってみてわかったが、その鐘は明らかにダミーだった。プラスチック製の鐘だ。中にスピーカーが仕込んであった。

「祝福とか貰っとけば良かったのに」

「俺は仏教徒だ。御利益はない」

「弾避けになったかもしれない」

「教会でこれから殺戮を始めるのにか？　人殺しは究極の罰当たりだぞ。天罰は喰らっても、俺たちに祝福はないな」

比嘉は、胸の辺りの壁をコツコツと叩いてみた。スカスカな感触だった。軽量化のために、この辺りの壁はスカスカだ。たぶん九ミリ、パラの弾丸でも簡単に抜けるだろうと思った。

やベー所に上がっちまったぞ……、と。

第六章　クインシーの戦い

〝メグ〟は、第3水機連隊の幕僚と通信要員を乗せるため、しばらく道路脇に退避していた。

後ろから、緊急車両として移動する彼ら自衛隊のケツについて走ろうとする自家用車が何十台も数珠繋ぎになって近付いてくるのが見えた。どこでも見られる光景だが、たぶんこの中にも暴徒らの車が紛れ込んでいるはずだった。

部隊の後ろを走る分には、気にしても仕方なかった。

幕僚の権田洋二(ごんだようじ)二佐が、乗り込むなり「これ、うちの装備ですか?……」と呟いた。

「作戦室を使ってくれ」と土門が促した。

「ガル、その西側から疾走してくる集団は何だ?」

スキャン・イーグルが北西方向にセンサーを向けると、対向車線を構わず疾走してくる集団がいた。一〇台前後ずつ繋がって走ってくる。

ズームすると、見慣れた車両のように見えた。

「ハンヴィですね。ただし、ルーフの銃座は自作だし、そこから上半身を見せているのは、戦闘兵じゃない。Tシャツ姿のおっさんです」

「こいつらが本隊か。シアトルから来たのか?」

「シアトルからいったん北に走って南へと下る2号線ルートです。確かにこれが本隊のようです」

「あの西端に陣取っている警官隊に避難するようキム中佐に電話しろ。全滅するぞ」

「了解。まだ一〇キロ以上ありますが、あの速度だとあっという間だ」

　待田は衛星携帯でキム中佐に電話を掛けて警告した。一〇台ずつの車列が切れ目なく現れる。これは、想定していた千人規模より大きいかもしれないと土門は思った。もとから、その千人という計算に根拠があったわけでは無かったが……。

「それで、ラピッド・ドラゴンって、使えるのか?」

「さあ、使ってみなければ何とも言えませんが」

「移動目標にも対応できるのか?」

「レーザーJDAMで出来ることはたいがい出来ます。対戦車ミサイルとしても使えるし、建物の制御崩壊も出来る。艦艇も狙えますが、たかが車両一台吹き飛ばすにはオーバー・スペックです。勿体無い」

「車両を狙うにはな。けど、あれはパレットで一斉に落とすんだろう? てことは、狙いたいターゲットがたった一発の時でも、全弾撃つことになるんだよな?」

「はい。C‐2は基本構成の九発のコンテナを積んでいたはずですが、コンテナがパラシュートを開いて安定したら、九発全部を発射することになります。カーゴ内から一発だけ撃つことは出来ない」

「誘導はここからでも出来るか?」

「固定目標ならGPS座標を入力するのみ。移動目標なら、その全体のイメージを撮影して、後は流行のAI制御ですね。ハンヴィとスクールバスの区別くらいは出来るでしょう。あ、無駄にしたくないという話ですよね?」

「ま、そういうことだよね」

「仮にですが、こういうことが出来ます。狙いたい目標は一つだけ。けれど他の八発も無駄にしたくない。最新型は航続距離が長い。それを利用して、上空待機させます。トラフィック・パターンを描いて、最大航続距離で上空待機させる。あれターボファンですから、それなりに燃料を節約して滞空できるでしょう。一時間かそこいら。架空のターゲットを残る八発に設定して、そこに向かわせ、一時間内に戻ってこられる距離で、目標が現れたら、一発ずつ目標を再設定して向かわせる」

「そんなことが出来るのか？　どこから誘導する？」

「C‐2からの誘導は無理ですね。あれは落とすだけだから、JASSM‐ERの運用能力がある戦闘機ならイーグルでもF‐35戦闘機でも、何でもいけますすよ」

「味方のF‐35Bがシアトル沖を警戒しているんだよな？」

「呼べないことはないでしょうし、間に合うとは思いますが、帰りの燃料が無くなる」

「ヤキマでもモーゼスレイクでも好きな所に降ろさせれば良い。それか、〝イカロス〟を護衛している米空軍のF‐35Aに依頼するか？」

「味方部隊を呼んだ方が無難ではあります。〝イカロス〟は護衛戦闘機を伴ってモーゼスレイクから後退しつつある。で、もしロシアがこのクインシー攻撃に噛んでいるとしたら、中国海軍のJ‐35（殲35）戦闘機が出て来て、あっさりミサイルや誘導爆弾を落としてデータ・センターを瓦礫の山にするかもしれない。その脅威を考えれば、防空は必要です」

「お前さんそれ、せめて三〇分前に意見具申すべきだったよな？」

「そこまで、われわれの責任ですか？　そういうことは陸海空の統合司令部でも立ち上げてそっちで考えてもらわないと。自分は陸のことで精一杯ですよ」

　待田は、スキャン・イーグルの映像を見詰めたまま、背中に立つ土門に抗議した。

「わかった！　お前のせいじゃない。とにかく、市ヶ谷に打電。ワレ航空支援ヲ必要トス！」

　待田の隣に座るレスラーこと駒鳥綾（こまとりあや）三曹がキョロキョロしていた。

「大丈夫だ、駒鳥君。うちはいつもこんな感じだから。君もいずれ、私に対してため口を利けるようになる。それより、タオに時々話しかけてやりたまえ。不安かもしれない」

「一言、よろしいですか？」

「何でも良いよ？」

「あそこには、タオではなく私がいるべきでした」

「ああ、そうだね。彼女は語学要員。君は格闘戦要員だから、もちろん君の方があそこに相応しかった。原田君は、どうして君に残るよう命じたのだ？」

「うちの部隊は、マルチ・スキルが求められるからでしょう。タオは、もう少しフィールドのスキルを身につける必要があるし、レスラーには、IT関係のスキルを身につけてもらう必要がある。現場で銃、ここでモニターとコンソールは、彼女が考えるように、二人には真逆のスキルです。だからそういう配置になりました」

　と待田が説明した。

「ということだそうだ。戦場では、訓練以上のスキルを学べる。学ぶしかない」

「陸将補！――」

　とカーテンを開けて後藤一佐が顔を見せた。

「一個小隊が間もなくブッシュマスターで教会に着きます。避難民をブッシュマスターに乗せて移動させたいのですが？　町の東端に、隣接し合う小中学校があります。そこがひとまず行政の指定避難所になっているので……」

レスラーが、現場の衛星写真をモニターにズームさせた。

「ここがとりわけ安全とは思えないけど、さすがにここまで危険となると、この町はもうお終いだよね。往復五キロか。良いだろう。軽装甲機動車の護衛付きで運んでくれ」

「いえ、ここはもう駄目です！　敵の主力が後ろから追いかけてくる」

と待田が注意を喚起した。

「そうだったか。避難は中止。今、外に出るのは危険だ。その一個小隊に、教会前の十字路に阻止線を張らせろ」

「え？　たった一個小隊に、この数の敵を足止めさせるのですか？」

「一個小隊で足りないなら、ただちに増援を送れ。どの道、どこかで敵を食い止める必要があるんだ。隠れてやり過ごせるわけじゃない。北からは、私の一個小隊が駆けつける。腹をくってもらうぞ連隊長！」

「はい。このラウンドアバウトで敵を阻止します。コラテラル・ダメージが発生しそうですが」

「あの数珠繋ぎでは、出るだろうな。致し方無い」

その教会前の道路も、避難する車で、皆のろのろ運転だった。直進しているのが避難車両。逆走してくる車が、たぶんナインティ・ナイン、セルの俄兵士（にわか）たちだ。

第1中隊の一個小隊を率いる榊真之介（さかきしんのすけ）一尉が、出軽装甲機動車で教会の駐車場に乗り付けると、出迎えた各務三曹が「ご苦労様です！」と敬礼した。

「ここに阻止線を張れという命令だが、避難民を動かす余裕はもうないとか？」

「はい。すぐそこまでハンヴィに乗った俄兵士が迫っています。阻止線構築を急いで下さい！」

「いやしかし、阻止線と言ったって……」

榊は、右頰に迷彩柄の絆創膏を貼っていた。前夜の命懸けの空挺消火活動の勲章だった。

「避難民の車もまだ流れているよね……。それも一緒に止めるの？」

「自分は判断する立場にありません」

「わかった。ブッシュマスター他を並べて道路封鎖する。避難民の車も止めることになるが」

ブッシュマスターが一台入ってきて、後部ドアから、女房役の工藤真造曹長が降りてきた。

「曹長、ブッシュマスターを路上に並べて、急ぎ、阻止線を作ってくれ。避難車両も足止めして構わない」

「できると思います。避難車両を足止めすれば、彼らはその場でUターンして、対向車線を塞ぐでしょう。敵を足止めできます」

「なるほど。それ良いね！　それは気付かなかった。僕はちょっと、避難民に挨拶してきます」

教会の中に入ると、椅子や長卓が倒され、弾避けのバリケードが出来ていた。榊は、踵を揃えて敬礼した。

「水陸機動団です！　遅くなりました。皆さんをすぐここから避難させるつもりで来ましたが、状況が逼迫しており、しばらく身動きがとれません。ここで戦闘が始まります！　お子さんを中心にし、絶対に頭を上げずに、低い姿勢を保って下さい。必ず守りきります」

「ここで撃ち合うのですか？」

と望月が立ち上がって声を上げた。

「はい。そうするしかないほど状況は切迫しています。もしここを通すと、彼らは街中に入り込み、放火して回るでしょう。空気は乾燥しており、いったん延焼を許すと、この町全体が燃え上がります。われわれはいったんここで阻止し、少しずつ敵を押し返し、町から遠ざけます。凄まじい銃撃戦になります。窓が全部割れるほどの。皆さんにご安心できるような説明ができなくて申し訳ない。すみませんが、通訳して下さい。自分はこれで失礼します!」

どうにもならない。戦場はそういうものだ、と榊は諦観して外に出た。前夜のように、炎の山中に空挺降下するのとどちらがましだろうかと思った。

ハンヴィで突っ込んでくる民兵擬きを、避難民と区別しながら応戦するのと。

ブッシュマスター三両と、軽装甲機動車が、適度な間隔を取り、西方向を向いて道路封鎖に掛かっていた。

向かってくるドライバーらが、減速しながら怒声を浴びせてくるが、車両の先頭に立つ工藤は、右手で二〇式小銃の銃口を立て、左手の身振り手振りでUターンしろ! と命じていた。

後ろに続いていた車両が途中でUターンし始める。町の反対側に出るルートは他にもないではなかったが、プランテーションをかなり遠回りする羽目になる。そうしてもらうしかなかった。

「よし! 運転手は、隊員の速度に合わせて、徐々に前に出ろ!――、一メートルでも良い。町から遠くで敵を足止めするぞ」

横一線に並んだ車列が、警告のフォグランプを点したまま、ゆっくりと前進し始める。隊員が、その車両の背後を歩き出した。

向かってくる敵は、Uターンしてくる自家用車

25

に足止めを喰らって立ち往生していたが、やがて、その自家用車に向けて容赦無くルーフから発砲し始めた。M2重機関銃、フィフティ・キャリバーで、自家用車をミンチにしていた。

教会尖塔の上から、DSR‐1狙撃銃を構える田口が、「やると思ったよ……」と暗視スコープを覗き込んだ。338ラプア・マグナム弾を叩き込んだ。男は、何かのTシャツを着ていた。テレビで見たことがある有名人の顔写真がプリントしてあった。

田口は、そのプリントされた顔を狙って距離六〇〇メートルで引き金を引いた。

相手が仰け反るのが見えた。だが、ハンヴィは立ち止まることなくアクセルを踏み、引き返してくる自家用車を蹴散らしながら向かってくる。

田口は更にフロントガラスの運転手を狙って撃った。

「さて、払い下げのハンヴィだろうが、防弾性能はどうだ……」

一発は止めた。小さな蜘蛛の巣状のひびが入り、運転手は一瞬怯んだ様子だが、まだアクセルを踏み続けた。

二発、三発目で、ようやく防弾ガラスをぶち抜いた。運転手が前のめりになり、ハンヴィは、ジャガイモ畑へと突っ込んで止まった。

その背後は、もうグチャグチャだった。衝突された自家用車が路上をふさいで、対向車線も完全に止まってしまった。

「あいつら、俺たちがやらかしたことにするつもりだぞ」

「それより、この鐘、邪魔っすよね？　下に落として良いですか。どうせプラ製のただのスピーカーだ」

「それ罰が当たるだろう？」

「仏教徒は関係ないんでしょう？」

「スピーカー付きとはいえ持ち上がるよな？　なら、ハーネスを付けてフックから外してラダーの下に引っかけておけ」

田口は、暗視スコープを覗いたまま喋った。車列の背後から、男たちが出てくる。それなりの装備に見えた。

ピストルを発砲している。撃っている相手は、路上で右往左往している車のドライバーたちだ。さっさと退け！　と脅していた。

その隙にも、水機団小隊がじりじりと前進している。

田口は、リボルバーを振り回している男に狙いを付けた。この闇夜にカウボーイ・ハットを被っている。首にスカーフを巻き、民間軍事会社風のプレート・キャリアを胸に当てていた。

田口は、そのプレート・キャリアを狙って撃った。男は吹き飛び、二度と起き上がることはなかった。

「ま、ラプア・マグナム弾はそうそう止められないな……。よほどの性能でないと」

「何発撃ちました？　五発だっけ。これだけ撃って、こっちに気付かなきゃ、ちょろい敵だ」

だが、もちろんちょろくはなかった。次の瞬間、壁に一発食らった。尖塔の壁に孔が空いたことがすぐわかった。壁に身を潜めて無線でガルを呼び出す。二メートルかそこいら下を撃ち抜かれていた。反対側まで孔が空いていた。

「ガル、今のが見えていたら、狙撃手の場所を教えてくれ」

「こちらガル。待ってくれ、映像を見直す……。フルーツ加工工場の中からだ。方位二八〇度。工場施設の南側壁に、等間隔で三本の木が立っている。その一番西側の影からだ。距離六五〇メートル。リザードより遠い距離で撃ってるぞ……」

「おっと……。そりゃプライドが傷つくな」

と比嘉が呟いた。

「フォール、陽動を頼む。西の空へ向けて五発連射だ！」

とラウンドアバウトに陣取るフォールを呼び出した。

「了解。タイミング下さい」

「一〇（テン）カウントダウン。そちらのタイミングで良い」

田口は、各務が連射した瞬間に身体を起こして暗視スコープを覗いた。樹木の幹が、不自然に膨らんでいた。ギリースーツを纏って木陰に隠れている。敵が気を取られている隙に、引き金を引いた。木の幹ごと、敵を撃ち抜いて倒した。

「グッジョブ！――」

とガルが呼びかけてくる。だが喜ぶ気にはなれなかった。敵もラプア・マグナムだ。それなりに強力な狙撃銃を持っているということだろう。何しろここアメリカは銃天国だ。おざなりな法規制で、欲しいと思った銃はたいがい何でも買えるし、連射機能が外されているといっても、改造キットは通販で手に入る。改造のための動画も溢れていた。

素人とは言え、彼らは腕が良い。全然侮れなかった。

「ヤンバル。今の奴、スポッター役のお前が気付くべきだよな？」

「相手もスナイパーなら、それなりにスキルはあるってことっすよ」

水機団が前へ前へと出て行く。敵は、狙撃されていることに気付いて、いったん前進を諦めたようだった。この隙に、水機団は一気に前進しようとしていた。

　後藤一佐は、指揮通信コンソールに顔を出して、難しい顔でスキャン・イーグルの映像を見ていたが、小隊が前進し始めると、肩を落としてほっと深いため息を漏らした。だが、ため息は拙いと気付いて、慌てて表情を変え、土門に話しかけた。

「いかがですか？　陸将補。我が部隊の動きは！」

「うん。お見事だね。あの榊君か。度胸も据わっている。あれは防大出の一選抜にしちゃ珍しいんじゃないか？　ま、女房役が優秀なんだろうが」

「はい！　二人とも部隊の宝です。どうやら、これでいったんは敵も怯みそうですが」

「ああ。この隙に、部隊を配置しよう。うちの小隊もようやくサイト1Aに入る。バスを入れて、教会の避難民も移動させると良い」

　ロシアの民間軍事会社、どうだろう……。と土門は思った。彼らは、ウクライナの地獄で、ありとあらゆる戦法を学んだはずだ。彼らに比べれば、いかに訓練された正規軍の特殊部隊といえども素人同然だろうな、と土門は思った。

　ガルが、ラピッド・ドラゴンを搭載したC‐2攻撃機〝ジャズム・ワン〟がモーゼスレイクを離陸して上昇を開始したことを報告した。

「戦闘機はまだか？」

「先鋒の二機編隊が、タコマ南のマッコード空軍基地に降りて給油を受けています。まもなく離陸するでしょう」

「市ヶ谷に念押ししろ。解放軍のステルス戦闘機は、必ず出てくるぞと」

「空母を探して、撃沈した方が早いですけどね」

「同感だがなぁ……」

　原田小隊が、プランテーションを抜け、ようやくサイト1に辿り着こうとしていた。農業用水路(クリーク)

沿いに建てられたフェンスを一部切断して施設内に入った。

巨大な変電施設を左手に見ながら、施設の東壁沿いに進んだ。やがて、創意工夫に富んだバリケードが見えてくると、ベローチェ少佐が先行して少年らと合流した。

スペンサー・キム中佐が、疲れ切った顔で、原田を出迎えて敬礼した。

「お待たせしました。われわれが騎兵隊です。負傷者はいますか?」

「ご苦労様です。幸い、まだ弾が当たった者はいないはずだ。あのM・A繋がりの特殊部隊ですね?」

「はい。M・Aと呼ぶことを許されたのは、特別に親しい関係の同僚たちだけとか。ヴァイオレットから、要請を受けています。少年少女と、タイガー・キムの安全に万全を尽くしてくれ。もし危険なら、その施設は放棄して構わないから、彼らだけ守って脱出しろと」

「有り難う。正直、見捨てられた気分だったけど……」

とキム中佐は、M‐16を足下に降ろした。

「僕はプログラマーなんだ。こんな重たくて危険なおもちゃは二度と持ちたくないな」

「なぜこんな危険な場所に子供がいるんだね?」

とベローチェ少佐が非難するような口調で問うた。

「少し経緯がありまして。それに、この小さな町では、データ・センターにいるのも、住宅街で息を潜めているのも同じです。これで安心して良いですか?」

「いえ。自分らの兵力は、単純に計算して、相手の五分の一以下でしょう」

原田は、少年らが持っているタブレット端末を覗き込んだ。

「スキャン・イーグルの情報とほとんど変わらないな……」

「でしょう？　これ良い性能ですよ」

　とタッカーが訴えた。

「でも、ここは危険だよね？」

「父がここの警備主任です。それに、ここは僕らの町だ！　危険だなんだ言ってられないでしょう？」

「外国人としては、何とも言えないな。でも、君たちの安全は、われわれが保証するよ。命に代えてもね。見たところ、この防壁は、かなり固そうだ。施設の中にいるより、ここの方が安全なのですか？」

　とキムに問うた。

「そう。何しろこういう建物は巨大でしょう。壁の面積も膨大なものになる。アサルト・ライフルの弾を止める前提で設計なんてできやしない。ボールペンで孔が空きますよ。火災発生の危険を考えても、外の防壁の中にいる方が安全です。事実、反対側から撃たれたアサルトの弾は、途中に遮るものがない空間では、ほぼ全弾がこちらの壁まで撃ち抜いた」

「わかりました。ここに二名配置します。皆さんは、夕方からずっと配置に就いているのですよね？　配置場所は確認済みです。少しずつわれわれと交替しましょう。屋上には、軽機関銃を持ったコマンドを上げます」

「急いだ方が良いよ！」

　とタッカーが警告して、タブレット端末を見せた。

　西から向かっていた車列が、道路を外れてプランテーションの中を走っていた。畑を荒らして疾走しているピックアップ・トラックもあれば、農道をまっすぐ向かって来るハンヴィもいる。

「チャレンジャーだな……」とベローチェ少佐が嘆息した。

「ファーム。配置を急がせてくれ。守備隊と交替ができないようなら、しばらく陣地で待機してもらって構わない」

原田は、ナンバー2のファームこと畑友之曹長に命じた。誰と誰がどこに入るかはすでに決まっていた。ウルトラ・ライト・マシンガンのFN-EVOLYS二挺が、施設の中に入って屋上へと向かった。

「自家発電装置は、どの程度動いているのですか？」と中佐に尋ねた。

「データ・センターとしての機能は止まっているが、部屋を一つ二つ点す程度なら問題無い。あるいは、皆さんがお持ちのバッテリー機器を充電する程度なら」

「助かります。長丁場になるようだと、どうしてもバッテリーの充電が必要になる」

「戦争のことはさっぱりわからないので、あとのことはお任せします」

原田は、ハヤブサの映像を覗き込んでから、「少佐、行きましょう！」と促した。

施設の中を抜けて、原田らは西壁側に向かった。途中、マグライトを持つ施設長とベローチェ少佐が挨拶を交わしたが、こちらもひたすらほっとした顔だった。

さて、敵は無限に湧いてくる。朝まで弾が持てば良いがというのが、原田の率直な思いだった。

突然、バリバリ！　という音がして、何かがそばを飛び抜けた。明らかに重機関銃の弾だ。そうとう遠くから撃っている。威力は落ちているが、この施設の壁をぶち抜くには十分だった。恐らく四〇〇〇メートル以上離れた所から撃っているはずだった。まぐれ当たりでも命中すれば、人を殺すには十分な威力を残している。

土門は、その発砲場所を見付けて、「そりゃ、的があれだけ大きければやってみるよな」とぼやいた。

28号線の直線距離が終わる、施設から四キロ以上離れた所から撃っている。M2重機関銃の有効射程距離は、公称二〇〇〇メートル前後だが、放物線軌道で撃てば、六〇〇〇メートル前後は飛んで人を撃ち殺す。

町の端っこからでは、手も足も出ない距離だった。

「さて、どうしたものか。対人相手にミサイルなんて撃てないぞ……。スイッチ・ブレードは持参していないし。誰か作戦はないか？」

「ブッシュマスターを迂回させて、側面から攻撃するしかありません。オーソドックスな手法ですが……」

と後藤が提案した。

「遮蔽物は皆無。そこいら中、曲がりくねったクリークがあって、まっすぐ走れもしない。それでもそれしかないか？　F‐35戦闘機のバルカン砲で一掃するとかさ」

「空母艦載機としてのF‐35B戦闘機にはバルカン砲はありません。外部兵装としてのガンポッドはあるらしいですが」

と待田が情報を訂正した。

「確実なのは、やはりブッシュマスターを前進させての制圧でしょう。経路は指示できるし、上空も見張れます」

と待田が同意した。

「増援の小隊が到着したので、榊小隊を向かわせます」と後藤が進言した。

「わかった。ガル、リザード&ヤンバルにそこから降りて同行させろ。無線機代わりだ」

「問題ありません。すでに前線は一キロ近く西へ押し返したので、リザードにもしばらく仕事はありません。南の監視が少し手薄になるので、水機団のパトロールを住宅街へと入れてもらえれば」

「命じよう」

「ところでこの〝メグ〟、どこに停めますか？」

「ヤキマ、エレンズバーグから上がって来る道は、町の中心部で交差する281号線だよな。その南に消防署があって……、街外れのクリークの手前に止めろ。敵の侵入を阻止する。連隊長、一個分隊回してくれ。敵は全方位から攻めてくるぞ。火の用心だ」

〝メグ〟は、その十字路の手前で左折し、暗闇に沈む住宅街を静かに走った。


田口と比嘉は、装備を纏めてラダーを滑り降りた。丁度、避難民を乗せたスクールバスの第一陣が出発する所だった。子供がバスの中から手を振っていたので、比嘉も手を振り返した。

ブッシュマスターの先頭車に上がり込む。隊員がルーフから身を乗り出して、機関銃座に就いていた。

「重火器はありますか？」

と田口は榊一尉に聞いた。

「パンツァーファーストに、軽ＭＡＴです。不足ですか？」

「とんでもない。なるべく接近できれば良いですが」

「皆さんは、陸自の兵器は全て使いこなせるんですよね？」

「一応、そう訓練されています」

「ロシア製ヘリコプターの操縦訓練もしていると

いう噂ですが？」

「それはちょっと大げさですね」

「昨夜、山火事現場に飛び降りた。そんな無茶なことが出来るのは、日本ではあの部隊だけだと言われましたよ」

「それはない。ただでさえ気流が激しい山岳部で、夜間に山火事現場に向かって空挺降下するなんて馬鹿げたことは、自分らは絶対にしません。命あっての、ですから」

田口は、迷彩ドーランの下で笑った。比嘉が、待田と無線を繋いでルートを指示した。運転席のGPSナビの灯りが微かに漏れてくる。それ以上に、施設を挟んで始まった激しい撃ち合いの曳光弾が、プランテーションの地面を照らしていた。

今度は、敵も曳光弾を混ぜて撃っている。そして修正していた。だが、同じ場所からしつこく撃たれることはまず無かった。それは、離れているここから見ていても田口らにはわかった。現れた火点は、確実に潰されるからだ。

そして、こちらからは滅多に曳光弾は撃たない。連射もしない。狙撃というほどではなかったが、確実に敵の火点を潰していた。敵は、時折、こちらの微かな火点を目撃するだけだ。それもサプレッサー越しの小さな火点を。

ドライバーは暗視ゴーグルで走っているので速度は出せなかった。ごく稀に、迷ったらしい自家用車とすれ違ったが、敵か味方かは待田が判断してくれた。

重機関銃は、時折、思い出したような間隔で火を噴いていた。少しずつ位置を変えているが、それもスキャン・イーグルによってフォローされていた。重機関銃は、戦場ではちょっとしたスタンドオフ兵器になる。味方の弾がまず届かない場所から撃てるのだ。

「リザード。敵から真っ直ぐ南に下るルート上に、ハンヴィが一台止まっている。たぶん敵の歩哨だ。あれを吹き飛ばさないと、もろにM2の的になるぞ」

待田がそう警告してきた。

「そこに何人いる?」

「たぶん四人だな」

「わかった。こっちで対処する」

「クリークに掛かる手前の橋の向こうに、何かが積み上げてある。それなりの高さだ。それが目隠しになるだろう」

田口は、射手と代わって銃座に就いた。暗視ゴーグルで覗くと、右手に人工的なものが見えてきた。恐らく建築資材を積み上げている。

田口は、まず後続車を止めさせてから、クリークは渡らずに、ブッシュマスターをその影に入れた。M2を食らいたくなかった。だが、それなりの規模の障害物が出来ている。

比嘉がDSR‐1を下から差し出した。

「距離一二〇〇はありそうだけど?」

「そうだな。それくらいはある。レーザー測距儀は簡単に出ないだろう。ガルに精確な距離を報告させろ。全員、動かないでくれよ! あと済まない。エンジンを切ってくれ」

ガルが一二二六メートルと報告してくる。あれこれ計算している暇はない。作物の葉が風に揺れている。それで推測するしかない。

ハンヴィの銃座に男が一人。運転席に一人。運転席はこちらを向いている。外に二人。一人はタバコを吸っていた。銃声が向こうで聴き取れるかどうかわからない。マズル・フラッシュは見えるだろうが、自分たちを狙ったものだと気付くかどうか。

田口は、まず軽機関銃の射手を撃った。運転手が反応するのがわかったが、外の二人はまだ気付かないままだ。

続いてその外の二人を撃つ。運転手がエンジンを掛けて逃げだそうとした。ヘッドライトが点る。

田口は、そのライトを狙った。右を潰し、左を潰す頃には、運転手は、ハンヴィを捨てて逃げ走っていた。田口は、それを撃ち抜くことはしなかった。生きて還らせ、恐怖を語らせてもろくなことにはならないとわかっていたが、背中から撃つのは気が引けた。

「脅威は排除した」

「こちらガル。お見事！　M2の射手らは気付いた様子はない。そのまま接近してくれ」

ブッシュマスターは、クリークを渡り、八〇〇メートル走って北へと右折した。ターゲットまで二〇〇〇メートル。M2がまた放物線軌道で撃ち始めた。

「一尉殿、軽MATの射手を銃座に！」

と田口が降りてきた。

榊一尉は、いったい何が起こったのかさっぱりわからなかった。四人の敵に対して三発。それで敵を黙らせたというのか……。

エンジンを掛けたままのハンヴィが止まる場所まで前進すると、路上に死体が転がっていた。銃座に俯せたままの人間もいる。フロントガラスから大量の血が滴り落ち、そして運転席のドアは開け放たれたままだった。

軽MATが、そのハンヴィ越しに発射される。M2を荷台に据えたピックアップ・トラックが吹き飛んだ。続いて、比嘉がブッシュマスターの後部銃座から、対物狙撃ライフルで、付近に停まっていた車を狙って引き金を引き始めた。どれも大型車ばかりだ。

その隙に、田口は、ハンヴィに近付いた。後ろに給油タンクを背負っていた。ほとんど空だったが、給油口を開け、ギリースーツの切れ端を突っ込み、ライターで火を点けた。

「追っ手が来ます。さっきの障害物まで引き揚げましょう」と榊に告げた。

「このまま逃げるというか、引き揚げないんですね？」

と榊が念押しした。

「いえ。可能な限り敵の数は減らします。次は下車戦闘で」

ブッシュマスターを出してしばらくすると、火が車体に回って派手に炎上し始めた。逃げた男も、きっと仲間に報告したことだろう。

二台のブッシュマスター装甲車は、資材置き場まで下がり、まずクリークを渡ってから、隊員を降ろした。

「小隊長殿、指揮を取って下さい。われわれは援護位置に就きます」

後続車を指揮していた工藤曹長が降りてきて、田口のそばで、「相変わらずやることが派手だな……」と耳打ちした。

「ただの仕事ですよ、曹長」

田口は、クリークの土手の手前で銃座を確保した。車列が一本道を下ってくるのが見えた。時々撃っているが、こちらが見えているわけではなさそうだった。

ハンヴィの炎の横を通る。T字路を曲がると、ここまで八〇〇メートルだ。

「みんな十分惹き付けて撃つぞ！」

と榊が命じた。資材置き場を盾にして皆が配置に就く。ブッシュマスター二台は、隣りの溜池に降りて銃座だけ出せる位置に留まった。

銃座を作ったピックアップ・トラックを先頭に五台がすっ飛ばしてくる。土煙が上がっていた。

だがその銃座にあるのは、たぶんミニミか何かの軽機関銃だ。車の振動に翻弄され、射手は自分の身体を支えるのが精一杯の様子だった。

田口が、まず、その射手を吹き飛ばし、続いて運転手を狙撃した。ピックアップ・トラックは、畑に突っ込んでひっくり返った。

それに続くのは、何かのSUVだ。男たちが窓から銃口を出している。身を乗り出している物好きもいた。

榊が発砲を命ずると、一斉攻撃が始まった。たちまちSUVが蜂の巣になり、減速する。だが後続車がそのSUVに突っ込んでしまい、SUVはその場で横転し、三回転した後に畑に突っ込んだ。後続車も同様に蜂の巣。最後の一台がようやく停車し、畑に突っ込んでUターンを試みたが、その場でスタックし、動けなくなった。男達は車を捨て、時折後ろを振り返って発砲しながら逃げていく。

田口は、その振り返って撃つ敵のみを射殺した。彼らは、恐らく、こちらの居場所も、撃ち合っている相手が誰かも知らないまま死んだことだろう。最終的に、二人が逃げ帰っていった。

全てが終わると、榊一尉は、隊員達の員数を二度三度と数えてブッシュマスターを出発させた。

「これは、大きな戦果だ！」と満足げだった。

「成功体験は大事です。しかし、敵の数はあまりにも多い。今は、敵はドローンで探る暇なく慌てて仕掛けてきたが、次はそうはいかないでしょう。そもそも、こちらの射程圏外から重機関銃で揺さぶりを掛けてくるという戦術は見事だった。全く侮れない」

この敵は、素人部隊とプロの混成部隊のようだ。その技量の差に開きがある。次の敵はどう出てくるかわからないなと田口は思った。

原田三佐は、施設の屋上に上って匍匐前進し、しばらく戦いの様子を見守った。警備主任と握手を交わし、狙撃手のケント・サビーノが、軍隊経験が無いと聞いて驚いた。

エヴォリス軽機関銃の残弾をしつこく確認し、朝まで持たせろと注意した。

警備部隊のクアッド型ドローンの映像では、すでに凄まじい数の死体の山が出来ている。施設周辺だけでも、一〇〇人近い人間が死んでいた。

少年らは、ドローンの映像を通じて、これらの死体を見ているのかと思うとぞっとした。PTSDは避けられないだろう。

ベローチェ少佐が隣で同じく腹ばいになり、暗視双眼鏡を使って状況を観察していた。

「敵は、車両を突っ込ませつつ、確実に近付いている。少なくとも三〇〇メートルかそこいらまでは、放置車両を盾にして安全に接近できるぞ」

「ぞっとしませんか？　ここでわれわれが行っている虐殺は、ブチャより酷い……」

「まあ、死体はジーンズ姿だったりTシャツ姿だったりするからな」

「この騒乱が収まって、もしここの映像がネットに上がったらどうなると思います？〝99パーセント〟はどう思うか？」

「確実に、起こるだろうことを教えてやろう。GAFAMは何しろ金持ちだ。騒乱が収まり、電気やネットが回復する前に手を打つだろう。中南米で、英語もわからぬ労働者たちを金で釣って飛行機に乗せて連れてくる。秋の収穫よろしく、片っ端から死体を集めてトラックに積み込みさせ、その何十台かのトラックは、シアトルかどこかの港でフェリーに乗り込む。GAFAMが借りたフェリーに。そのフェリーは、沿岸部の沖合大陸棚を外れた辺りで、トラックごと死体を海底に沈めることだろう。

そしてもちろん、ニュースにはならない。〝クインシー〟と入力しても、しばらくはアンノウンになるだろうな。ありとあらゆる検索サイトやSNSですら、この町の名前は入力できなくなる。皮肉なことに、その削除されたデータをやりとりするのも、ここのサーバーになることだろう」

「いったい、何なのですか？　これは……。全く理解出来ない」

「かつて中産階級と呼ばれたアメリカ人が、どれほど惨めな暮らしを強いられているか、日本人には想像できないだろうな。盲腸の手術ひとつで自己破産を強いられるんだぞ。大学の学費は、家一軒買うくらい高額になり、その一方で、金持ちは札束を積んでアイビーリーグに堂々と子供たちを縁故入学させていく。空き缶を抱えてブティック街で物乞いするよりは、名誉ある生き方かもしれないぞ。銃さえ手に入ればな。これは、ここだけで起こっていることではない。ニューヨークなんてもっと酷いし、ワシントンDCじゃ、ホワイトハウスを守る英国軍が、武器も持たない暴徒を銃撃している。今夜殺される民間人の数としては、クインシーはワースト20にも入らないと思うね。普段の人口比で言えば、間違いなく最悪だろうが」

日本も銃社会だったら、こんなことが起きるのだろうか？　と原田は自問した。銀座が焼き討ちされ、六本木のタワマンに群衆が押し掛けるようなことでも起こるのか？

その時、自分らは国民に対して銃口が向けられるのか？

ロシアの民間軍事会社〝ヴォストーク〟の戦闘

班を率いるゲンナジー・キリレンコ大尉は、シボレーの大型SUVの後部座席で、耳栓をし、アイマスクをして眠っていた。

口の中が異様に乾きを感じるのは、高度が高い山間部を走ってきたせいだろう。コロンビア盆地に入っても、その乾いた状況は変わらなかった。

今、どこを走っているのかさっぱりわからなかった。だが、SUVが停まり、タラコフ少将が降りて、代わりにミスター・バトラーことフレッド・マイヤーズ教授が乗り込んできた所で目を覚ました。

「少しは眠れたかな、大尉？」

とバトラーは、向かい合って座ると、片言のロシア語で尋ねた後、すぐ英語に切り替えた。

「ここはどの辺りかな？　教授」

「まもなくクインシーの町が見えてくる。ま、電気が点いていればの話だけどね」

「GAFAMはまだ無事に建っている？」

「そりゃ、あそこは砦だからね。簡単には陥落しやしないさ。残念なことに、まだ一軒すら燃えていない。西端の建て屋ひとつくらいは、あっという間に燃えると期待したが」

「教授がわざわざ前線に出る必要はないのに」

「ナインティ・ナインの兵士たちを鼓舞する必要がある。それは私の義務だし、あのデータ・センターが炎上してアメリカの富が赤々と燃え尽きていく様はぜひ見たいじゃないか？」

「申し訳ない教授、そりゃウクライナであれほどの嫌がらせを受けた側としては、アメリカがもだえ苦しむのを見るのは愉快ではあるが、それでも、われわれにとっては、それなりのサラリーをもらえる一つのビジネスでしかない。われわれ傭兵は、根っからの資本主義者だ」

「この裏切り者めが！」

とバトラーは笑った。

「まったく皮肉だな。99パーセントのアメリカ人は、共産主義の失敗を知っている。成功しなかったことを知っている。なのに、失敗国家ロシアと組んで、アメリカの体制を倒そうとしている」

「ロシア人として、それには同意できないな。1パーセントのアメリカ人だって、ロシアの失敗は知っている。だが彼らは、そのロシアと組んで一儲けすることには何の抵抗もないだろう？　ネオコンに、トランプがそうだったし、バイデンのドラ息子もそうだ。君たちアメリカ人はみんな、本当はロシアが好きなんだろう？」

「ハッハッ！　全くだ。少なくとも、われわれが共産中国に抱く感情とはまるで違うな。確かにロシアとは、長いことといろいろあったが、共存できるライバルだ。中国はそうではない。宗教も文化的背景もまるで違う。その中国頼みの作戦になっているのは何とも歯がゆいが、利用できるものは何でも利用するのが戦争だ」

「ここに解放軍がいるのか？　また君が創作してばらまく何かの陰謀論か？」

「いや、実際にいるとも。衛星電話一本で駆けつけてくれる」

「気を付けた方が良いな。ＮＳＡは、全世界で起動している衛星電話のデータを持っていて追跡できる。ロシアや中国の低軌道衛星を使う電話も要注意だぞ」

「有り難う。それなりに工作した衛星携帯だ。足は付かない」

「それで、教授はＧＡＦＡＭの砦を燃やした後、この国をどうしたいんだ？」

「しばらくは、混乱させた方が良いだろう。五年とか、あるいは一〇年とか。アメリカという国は銃口から生まれた」

「ロシア人は、独裁者との付き合い方を知っているのさ」

二人はまた大笑いした。

「それは中国共産党の台詞だぞ？」

「とにかく、民衆が疲弊し、1パーセントを駆逐した後、資本主義に代わる何かが再生するさ。そう信じているよ」

「君はつくづく夢見る男だな……」

「いや、私は、アメリカが再び偉大な国として復活することに関心はないんだ。覇権争いは中国とインドで勝手にやらせておけば良い。ま、ここだけの話、白人主導の国家に戻るのは歓迎するね。国連なんてさっさと脱退し、同性愛運動は、もう少し下火になった方が良いし、環境保護とは絶縁だ。地球温暖化と戦う必要があるなら、それも中国とインドに競わせておけば良い」

「酷い国だ！　まるで今のロシアだぞ……」

「君とのお喋りは本当に楽しいな。一瞬とて退屈しない。何より、君は99パーセントの愚民どもと違い、私におべっかを使おうなんて全くしない」

第七章　バトラー

マッコード空軍基地に着陸した航空自衛隊第308飛行隊のF‐35B戦闘機二機は、空軍部隊からの燃料提供を終えたものの、まだ離陸できずにいた。

海上自衛隊のP‐1哨戒機が給油を終えるのを待っていた。結局、P‐1哨戒機は、エルメンドルフ空軍基地まで戻り、またシアトル付近での洋上哨戒に出撃していたのだ。

ヘリコプター搭載護衛艦DDH‐184〝かが〟（二六〇〇〇トン）を飛び立った二人の戦闘機パイロットは、C‐2輸送機編隊の護衛を果たした後、〝かが〟へ一回戻り、再び出撃していた。

中国海軍の空母機動部隊は見つからず、シアトルやカナダ・バンクーバーからの避難機も離陸できないままだった。航空自衛隊のC‐2輸送機のみが、限られた邦人を乗せ、途中まで〝かが〟搭載機の護衛を受けて日本へと引き返して行く。民航機で同じことをするのは危険だと判断されていた。

米政府や関係するアジア各国からの抗議を受けた中国政府は、もちろん事実関係を認めることはなく、逆に「中国機のシアトル離陸を認めないのは重大な挑発行為である」と抗議してくるほどだった。

いずれにせよ、無線封止状態で航海している中国艦隊は未だに発見されなかった。

　そして、海上自衛隊第4航空群第3航空隊第31飛行隊のP-1哨戒機は、結局、マッコードで燃料補給を受けることになった。

　給油を受ける間、飛行隊長の遠藤兼人二佐がタブレット端末を抱えて機体を降り、エプロンの遠く離れた場所に止まるF-35戦闘機の所まで走ってきた。

　防大同期の第308飛行隊隊長阿木辰雄二佐の所に駆け寄ると、阿木は、僚機のパイロットと話し込んでいた。滑走路は、P-1が降りるとすぐライトが消された。そのライトも、申し訳程度の明るさしかなかったが。

　今は、P-1のノーズギアのライトが辺りを照らしていた。

「さっきは有り難う。礼を言うよ」

「それは良い。中国がここまでやるとは想定外だった。いろいろ驚いている。空母が見つからないことも含めてな」

「最低二隻はいるはずだぞ。なのに二隻とも見つからないなんて、アメリカはNROが衛星で見ているはずなのに」

「クインシーって知っているか？」

「問題はそれだ。チャートを持ってきた」

　遠藤は、タブレットに入れた航空マップを二人のパイロットに見せた。

「ヤキマが近いと言えば近いが、飛行場も何もない。テスト・フィールドのモーゼスレイクが近い。北西部の町で、空港がないって、よほど小さな町だよな」

「整備兵に聞いてみたが、聞いたこともないそうだ。陸自はこんな所で、何を守って戦っているんだ？　上からは、その町と陸自部隊を解放軍が攻撃してくるから警戒せよと言ってきただけで。何が起こっているのか……」

「俺の機体は、朝まで飛んで、解放軍のステルス戦闘機を警戒する」

「見えるのか?」

「正直、さっきは、EOセンサーが先に見付けた。敵機の真後ろに回れば見えるが、側面や正面からは怪しいな。だが、こっちがレーダーを使っていれば、見張っているぞと意思表示できる。それで敵の作戦に僅かでも修正を与えることが出来る」

「今度こそ撃墜されるぞ」

「それは、お前達を信じているさ。だが、さっきの反撃はちと無茶だったと思うけどな。センサー上では、敵機と機体がほとんど重なっていたぞ?」

遠藤は、もう一人の若い戦闘機パイロットを睨んだ。

「はい。ちょっと反省しています」

部隊の紅一点、〝コブラ〟のTACネームを持つ宮瀬茜一尉が、しかし悪びれずにペコリと頭を下げた。

「二機では心細いが、味方機は来るのか?」

「その予定だ。四機編隊でヤキマ周辺を警戒飛行する。お前のP-1がAESAレーダーで警戒してくれるなら、俺たちはレーダー波を出さずにEOセンサーだけで敵を探せる、というか待ち伏せできる」

「うん。さっきと同じ手で行こう!」

「四機が常時空中にあれば、それでP-1を守れるが、そう上手くはいかんだろう。ここの態勢も万全ではないし、もちろん、〝かが〟は沿岸部に急いでいるが、敵空母艦隊は当然〝かが〟もターゲットにするだろうし」

「日本からは応援のP-1もやってくる。何かあれば、対艦ミサイルを叩き込んで沈めてやるさ。

殺られる前にやるしかない」

　Ｐ‐１機上から、クルーが手を回して戻れ！と合図していた。

「じゃあ、またどこかで――。われわれが先に上がる」

　遠藤が走り去って行くと、阿木は再び部下に向かい合った。

「いいか、君のクソ度胸は買うし、その操縦センスも素晴らしい。だがわれわれは曲技飛行隊じゃない。あんな無茶はするな。上に報告しようがないぞ」

「はい。でもあれくらいの挨拶はすべきですよね？」

「まあ、真っ昼間なら俺でもやったかも知れないがな」

「ゴーグルで得ている視覚情報は、昼間と同じです。三六〇度全天球が見えているんですから、夜こそ、その利点を活かさないと」

「とにかく、やるな。命令に従え。国民の血税で買った機体だ」

　二人はそれぞれの機体に乗り込み、Ｐ‐１が暗い滑走路を離陸するのを見守った。

　こちらも暗い中で離陸することになる。燃料は食うが、短距離滑走モードで離陸するのが無難だろう。

　Ｐ‐１が離陸した五分後、二機のＦ‐35Ｂ戦闘機も離陸した。クインシーまでほんの二〇〇キロだ。そこに何があるのか知らないが、敵はどこから仕掛けてくるかが問題だった。

　まさか、沿岸部から最短距離は取らないだろう。空軍基地の真上を飛ぶことになる。かと言って、空母艦載機としての航続距離を考えると、大きな迂回コースは取れないだろう。だが、カナダ上空を飛び、真南へ下るくらいのことはあるかも知れなかった。

　敵より優れたEOセンサー、敵より優れたステルス性能を信じての戦いになる。


　クインシーの町から28号線を西へ真っ直ぐ走ると、7マイルで台地部分は終わり、コロンビア河沿いの屈曲部分へと降りるなだらかな斜面に至る。

　そして、その斜面の途中から、クレセント・バー・リゾートが広がる。ここは、広さにしてクインシーの町の半分ほどもある巨大なリゾート・エリアだった。

　コロンビア河沿いに整備されたリゾートの差し渡しは南北四キロにもなる。プール付きのロッジ・ハウスが整然と並び、ゴルフ場、ボート乗り場、トレーラーパークのサイトが何カ所もあり、テント・エリアの広さは、まるでゴルフ場並みだ。エリア中央の野外コンサート場に小洒落たビーチ、ピザ屋まである。地形の高低差を利用したピクニック・コースもあり、民営ではあるが、裕福な町、クインシーを象徴するレクリエーション・サイトだった。

　クインシーの町中の銃撃戦は遠くまで響いていたが、一〇キロ以上離れ、しかも台地の下の、渓谷状の土地であるここまでは聞こえてこなかった。

　今はもちろん、避難民の自家用車でごった返していた。


　動画配信人スキニー・スポッターにして〝セル〟の一民兵でもあるジャーナリスト、ジュリエット・モーガンは、ヤキマの陸軍キャンプ場を早々と抜け出し、セルの仲間のSUVでクインシーへと向かった。

　だが、到着する頃には、激しい銃撃戦が繰り広げられており、「俺たちも！」と意気込む仲間を宥めて、町へは入らず、手前で左折してコロンビア河沿いのリゾートを目指した。

ラジオが、その名前と場所を連呼していたからだ。99パーセントの戦いに参加したいものは、クレセント・バー・リゾートを目指せ！　と。

台地を降りる時から、すでに大音量の音楽が聞こえていた。あちこちに照明があるのは、皆が車のヘッドライトを点しているせいだ。

仲間に「無茶はするな、命令を待て！」と念押ししてから車を降りた。バーベキューの良い匂いが漂ってくる。

食料配給所も出来ていれば、医療支援サイトもある。スマホ・バッテリーの充電所まで出来ていた。

大音量のもとで、奇声を発して踊っている男女もいる。車が激しく揺れているのは、車内でよろしくやっているカップルだろう。

そこいら中から漂ってくるのは、肉を焼く匂いと、怪しげな葉っぱの香りだった。ここは、ちょっとしたフェス会場だ。

激しい銃撃戦が繰り広げられている町の端っこがこんな状態だということを、町の住民は知っているのだろうか。

拡声器を持った仲間が、「バトラーが来るぞ！教授のスピーチが始まるぞ！」と叫びながら歩いている。車は多いし、人はそれ以上に多い。だがこの人波のせいか、皆、家と仕事を捨てて避難してきたという悲壮感は無かった。

どこか、俗世のトラブルから解放され、それこそ真夏のフェスの夜をリゾートで楽しんでいる感じだった。

武装したパトロールまで歩き回っている。セルのボランティア・スタッフたちは、皆めいめいのリボンを左腕に巻いていた。

　もちろん、ボランティア受付センターもある。

そこで見知った仲間と再会した。

　元商店主のハンコック夫妻は、サンフランシスコ近郊の小さな街で、ドラッグストアを営んでいた。商店主として別に儲けてはいなかったが、地域社会になくてはならないドラッグストアだった。だが、犯罪の多発が経営を苦しめていた。武装強盗に度々押し入られ、警備費用がかさんだ。警備員を雇うほどの余裕はなく、そこに、〝プロポジション47〟と呼ばれる悪法が制定された。

　刑務所のパンクに音を上げた州政府が、九五〇ドル以下の窃盗強盗を、微罪扱いにする法律を通したのだ。いわゆる万引き無罪法だった。

　まず、大手のチェーン店が一斉に撤退した。街は一気に荒み、ハンコック夫妻の店は、日に二度、強盗に入られるようになった。三日で店を畳んだ。当然、自己破産。それ以来、他人に頭を下げる惨めな仕事で暮らしていた。

　虫歯はペンチで引っこ抜き、コロナは、夫婦ともに医療機関に掛からず死線を彷徨って生き残った。

　二人は、カリフォルニアの全てを憎んでいた。カリフォルニア的な民主主義を。

「あら、ゾーイ！　こんな所で会えるなんて……」

　と小柄なアリス・ハンコックが抱きついてきた。セルの仲間内では、ジュリエットは〝ゾーイ〟とだけ名乗っていた。セカンド・ネームはなしだ。

「キースは元気？　まさかもう戦闘に出たりしてないわよね？」

「いいえ。キースは、もういない……。なんとなくわかるわ。息子が逝った時も、こんな感じだった。何の前触れもなく、ふいに心に穴があく感じだった。良いのよ。あの人は、最後の最後に、1パーセントに抵抗して死んだんだから。私もこれが終わったら、最後の攻撃に参加する。クインシーの防備、結構固いらしいのよ。中国軍が守りを固めている」

「中国軍？」

そんな話は初耳だった。

「ええ。噂だと、砦が狙われていると悟ったGAFAMが、中国政府に泣きついて、軍隊を派遣してもらったんですって、モーゼスレイクに次々と、赤い星のマークを付けた大型輸送機が降りてきて、何千人も兵隊を降ろしたらしいわよ。奴らがやりそうなことよね」

「もうすぐ、バトラーの演説が始まるとかラジオで言っていたわ」

「そう。ラジオ局も立ち上がっている。一緒に行きましょう。ええと、貴方は軍隊経験者だから、警備スタッフが良いわね……」

アリスは、後ろの段ボールから、黄色い反射テープつきのリボンと、リボルバーが一挺刺さったままのガンベルトを取ってゾーイに手渡した。

「銃の改造工場が一杯出来ているわよ。その場でアサルトを改造して連射機能を復活させてくれるし、弾はもちろん、持てるだけ無料で貰える。弾も銃も、ここからバケツ・リレーみたいに前線へ運ばれている。でも、みんな行ったきりで、戻って来る者はいないわね。担ぎ込まれてくる負傷者も僅かよ。バトラーの演説を聴いたら、みんなで出撃する。貴方は行っちゃ駄目よ！」

「でも……」

「この戦いでは、誰も生き残れないでしょう。でも先は長い。私たちは、大陸を横断して、DCまで行かなきゃならない！　今の内に、お願いがあるの。息子のお墓の場所、教えたわよね？」

「フォート・メイソン陸軍基地の近くよね？」

「そう。基地で息子の名前を出せば調べてくれるわ。私たち夫婦の墓標は要らない。そんな金も一ドルすら遺せなかったから。必ずホワイトハウスまで辿り着いて、あの白い壁のひとかけらでも良いから、記念に削り取って、息子の墓標に添えて頂戴！　お前達を無駄死にさせた1パーセントから国を取り戻したと、息子に報告して！」

　その無益な戦いを仕掛けたのは、ブッシュのバカ息子よ、アリス。ま、石油利権の独占を狙ったのは、その1パーセントには違いないが……。

「約束は出来ないわ、アリス。でも、シカゴ辺りにまでは辿り着きたいわよね。そうすれば、国の半分は取り戻せたことになる」

「駄目よ。今度こそ、国を取り戻すのよ！　99パーセントの国民の手に」

　ジュリエットは、アリスを守って野外コンサート場へと向かった。とにかく、凄い熱気だった。大麻の匂いが強烈で、あちこちで注射針がヘッドライトに反射し、もちろん、鼻から粉を吸っている奴らもいる。

　取り戻すも何も、この国の社会はとっくに終わっている。ゾンビ化しているのではない。すでに、彼らはゾンビなのだ。薬物の虜にされたゾンビだ。薬欲しさに、バカみたいな薄給で働き、薬のために盗み、脅し、日々をただ生き延びている。そこにあるのは文明人の暮らしではなく、ゾンビの日常だった。事実としても、彼らの肉体は腐りかけている。

　薬に溺れていた頃の自分もそうだった。

　野外コンサート場では、強力なフラッドライトでステージが照らされていた。すでに「バトラー！　バトラー！」の絶叫コールが始まっている。

　壇上に、仲間たちが上がり始めた。老若男女、車椅子の男性もいた。右腕にM－4カービンを持っている。左腕は、肘の辺りまでしか無かった。

バトラー！　バトラー！　のコールが一〇分以上続いて、ようやくご本人が壇上に姿を見せた。壇上に並ぶ同志たちと握手を交わし、ステージから、視界に入る聴衆の全て、隅々にまで指を指し、手を振ってバトラー！　の手拍子に答えた。

五分近くもそのパフォーマンスに費やしてから、バトラーはようやくマイクを手にし、静かにするよう聴衆に求めた。

「……99パーセントの諸君！　同志たちよ、今夜は有り難う。あの銃声が聞こえるか？……、砦からのあの銃声が……。砦はまだ健在だ。われわれは、夕刻から砦を攻め続けているが、びくともしない。さすがは1パーセント、GAFAMだ。さきほど、前線まで偵察に出てきた。敵の装甲車が見えた。驚いたのだが、見慣れない字が車体に書いてあった。あれは、中国の文字だ。英語では無かった。GAFAMは、中国政府と手を結び人民解放軍をアメリカ本土に招き入れて砦を守っている。みな小柄な兵士たちだったが、もちろん銃の引き金は引ける。彼らは、情け容赦なく、避難する自家用車を銃撃して、逃げ惑う家族連れを狙い撃ちしていた。

さて、遅くなった……。壇上にいる同志を紹介しよう。彼らには、一つだけ共通項がある。それは、911以降のアメリカの戦争において、夫や兄弟、息子、娘たちが軍に身を捧げ、帰国することが叶わなかった者たちだ、その家族だ……」

全員が白人だった。黒人もアジア系もいない。故人の小さな遺影を胸に抱いた父親もいる。恐らく何人かは本物だろうが、ほとんどはサクラだろうとジュリエットは思った。

「私は、911直後、新米の士官として、意気揚々とアフガンに出征した。仇を取る覚悟でな。自分より年上の部下を率いていた。勝てるはずだった。カブールを解放し、半年で帰国し、凱旋パレードに参加するはずだった。だが派遣期間は何度も延長され、その間に私は四名の部下を失った。帰国した後、四人の部下が、自殺した。生き残った部下の多くが、今もＰＴＳＤに苦しんでいる……。

国は、彼らを見捨てた！　政府も軍も、かけがえのない息子を国に捧げた遺族に尽くそうとはしなかった。彼を見ろ！　ミスター・クーパー。失礼だが、口を開けて見せてくれ……。それだそれで良い。申し訳無い。彼には、前歯が一本しかない。まだ五〇歳だ。歯医者にも行けなかった。彼の一人息子、パット・クーパー陸軍特技二等兵は、二〇一四年、カブールをパトロール中、自爆攻撃で戦死した。母親はその前年、白血病を発症したが、高額な医療費を払えずに、治療を受けられないまま亡くなった。病床で、もう手の施しようがない中で、母親は最愛の息子の死を報された。

車椅子のカート・エルバ軍曹は、イラクに派遣され、二〇〇九年、バグダッド近郊の路肩爆弾で左腕を失い、脊椎も損傷して車椅子の人となった。彼は、その翌年、同じくイラク派遣中の弟も失った。済まない……。ここで、全員を紹介する時間はない。本当に済まない。彼らが失った家族の名を誰も知らない。私の部下の名前は、無様に生き延びた私ひとりが記憶するのみだ！――」

そこでバトラーは感極まった顔で、言葉に詰まって一瞬押し黙った。

「バトラー！」の声援が沸き起こる。

「……済まない。有り難う。あれは、われわれの戦争では無かった！　あれは、１パーセントが起こした石油のための戦いだ。アメリカは産油国だ。

中東で犠牲を払う必要なんて無かった。1パーセントが、日本や中国に石油を売るための戦争だった。だが日本は、あの戦争で血を流したか？　中国はどうだ？　彼らは、石油を買うために血を流したか？　なのに、自動車で攻めてきてGMを倒した。ビッグスリーを完膚なきまでに叩きのめしてくれた。中国に至っては、軍事兵器として開発した疫病を世界中にばらまいて、アメリカの同胞を一〇〇万人も殺戮した。

今日、今夜、ここクインシーからわれわれの戦いは始まる。99パーセントの、正義の戦いだ！　GAFAMが築く砦を破壊し、更地にして、われわれは更に東へと進むだろう！　スポケーン、ロッキー山脈を越え、モンタナ、シカゴ、そしてワシントンDCへと続く。国民よ、アメリカ人よ、99パーセントのアメリカ人よ！　われわれの戦いに加われ！　われわれと共に行進し、この国の政治を奪い返せ！　これは誰の戦いでもない。われわれ自身の、君たちの戦いだ！　ワシントンDCから、ニューヨークへ――。おっと、マンハッタンはもう焼け野原だったな」

どっと笑い声が起こった。

「そして、南部の諸君。フロリダから、テキサスの諸君、とりわけテキサスの皆様に訴えたい。このラジオは、テキサスでもいずれ聴けることだろう。南部の誇りを取り戻そうではないか？　古き良き南部の誇りを。君たちは、どちらに付くか迷っていることだろう。君たちは、自分らは1パーセントかも知れないと迷うかもしれないが、本当にそうか？　君たちは、自分たちの暮らしを1パーセントだと思うか？　いずれ、決断する日が来るぞ。それは君たちが思っているより早く訪れるだろう。誰かが、君たちに銃口を向け、お前はどっちだ！　と尋ねる日が来る。それはもう明日かもしれない。カリフォルニアはすでに決起した。どちらの側に付くか決めた。最後にその決断を強いられるのは、テキサスの諸君だ」

　そうだ！　そうだ！　待ってろ！　テキサス！　と声が上がった。

「では、諸君。砦を破壊しよう！　私たちの99パーセントの血で、砦の壁を赤く塗り上げ、1パーセントのGAFAMからアメリカを取り戻すのだ。仲間の屍を越えて進む覚悟はあるか！――」

　聴衆の雄叫びが、辺りに谺する。

「うん？　聞こえなかったぞ？……。仲間が斃れても、前に進む覚悟はあるか！」

　オー！　と地鳴りのような声が上がる。

「今日、今夜、ここが21世紀のゲティスバーグになる！　死を恐れるな！　銃弾を嚙み砕き、敵を倒し、殺せ！――」

　バトラーは、車椅子の元兵士のM - 4を右手に持つと、高々と掲げて見せた。

　群衆の熱気で、辺りの気温が何度も上がりそうだった。多くの群衆がすでににらりっている。クラクションが激しく鳴らされ、隣の人間との会話もままならなかった。群衆を囲むようにセルの兵士が立ち、アサルト・ライフルとマガジンを手渡して行く。

　何千人もいる。いやひょっとしたら万の単位かも知れない。

　ジュリエットは、ハンコック夫人を抱きかかえるようにして、その場を出ようとしたが、立錐の余地もなく、長い時間身動きもできなかった。

「ゾーイ、あの大きな鉄砲の撃ち方を教えてよ？」

「私、工兵だったから、そんなもの知らないわよ。本当に行くの？」

「ええ。私、あんまり良い人生じゃなかったわね。

平凡な人生で、それで良いと思ったけれど、もう息子は還らないし」

「待って。キースはきっとどこかで生きているわよ！　早まることはない」

「なら、どこかでキースと出会った時に伝えて。愛していたと。先に逝くけど、天国でまた家族がひとつになるのを待っていると」

「アリス。必ず、誰かの陰に隠れて進むのよ。大柄な男はダメ。目立って的になるから。銃は飾りでいい。重たいし、撃とうなんて思わなくていい。貴方、相手が中国兵だからと、若い兵士を撃てる？　その兵士にも、国に帰れば、貴方たちのような、息子の還りを待つ親がいるのよ。だから、貴方が撃つ必要はないわ。朝まで畑の中に隠れて死んだふりでもしていなさい」

　大麻の煙が立ちこめている。頭がくらくらしそうだった。


銃の受け渡し場所で、ジュリエットは「二人に一挺で良い」とM‐16と、マガジン三本を受け取った。いったい、こんなに大量の銃と弾薬、どうやって調達したのだろうと思った。

　道路は渋滞している。歩ける者は、台地に上がってプランテーションに入りひたすら東を目指せ！　と命じられた。銃撃戦はすぐ見える。そこが砦、そこがわれわれの戦場だと。


　土門も、〝メグ〟の中で、その勇ましい演説のFMラジオを聴いていた。彼らは、FM、AM、短波、アマチュア無線のありとあらゆる放送で、その演説を流していた。

　もしインターネットが生きていたら、「バトラーって誰？」と話題になっていたことだろう。だが今は、どこの誰ともその話題の議論は出来ないのだ。実際に顔を合わせたもの同士でなければ、

辛うじてアマチュア無線の参加者たちだけが、バトラーの虚像を勝手に作り上げ、やれ戦争のヒーローだ、いや気鋭の政治家だと話し合った。

「矛盾してますよね。南部の住民に決起を呼びかけた直後に、ゲティスバーグを持ち出すなんて」

と後藤連隊長がぼやいた。

「日本人は、簡体字と漢字の区別は付くが……、ブッシュマスターのどこかに〝JGSDF〟と書いてあるよなぁ。何の略かは大半の日本人も知らないが。このラジオを聴いた軍関係者が真に受けないことを祈るよ。近隣の基地から巡航ミサイルとか飛んで来かねないぞ」

「スキャン・イーグルの取得データ。処理限界を超えます……」

待田が報告した。

街の西の方角、陸地を人間が埋め尽くしている。まるで蛇口から水が溢れ出るように、人々が台地へと登ってくる。そして、プランテーションへと扇状に広がっていく。

スキャン・イーグルがターゲットをマーキングできる千個を超えたため、その辺りは赤く塗られて点滅を繰り返していた。

「最短、九〇分、二時間で、ウエスト・ヴィレッジが包囲されます」

「連隊長、ラピッド・ドラゴンをあの群衆の中に叩き込んで警告するというのはどうだ？」

「無垢の群衆とは言わないまでも、道義的に許される行為ではありません」

「それに、ヤキマ方向からもまだ避難民、暴徒の自家用車が入っていることもお忘れ無く」

と待田が注意を促した。南からも、一本道を通じて車が上がってくる。それは、〝メグ〟が陣取るクインシーの町南側のキャナルを渡ってきていた。

「運河の橋を封鎖しよう。本当の避難民は、別にクインシーの町に入る必要はないのだ。運河に沿って、そのまま東へ抜ければ良い。ここを突破して街中に入ろうとするものは、ナインティ・ナインの暴徒だけだろう？」

「そうですが、彼ら怒りますよね……」

「連隊長、護衛の分隊に命じて橋を封鎖させてくれ。方法は問わない。銃で脅そうが、車両で封鎖しようが」

「ちょっと、自分が指揮してきます！」

と後藤が〝メグ〟を降りていく。

「〝ジャズム・ワン〟はどこにいる？」

「中国軍戦闘機が飛び回っているということに備えて、クインシーから北東に一〇〇キロ以上、離れたエリアを周回中のはずです。たぶん〝イカロス〟を護衛していた戦闘機が守ってくれているはずです」と待田が答えた。

レスラーがまた地図を拡大して見せたが、C-2の位置が表示されているわけでは無かった。

「本当に使いますか？」

「いざとなったら、使うしか無いぞ。民衆とは言っても、銃を持って撃ちまくる民間人は、少なくとも味方じゃない」

「警察比例の原則に反することは留意して下さい。後々問題になる」

「軽機関銃でなぎ倒すのは良いが、爆弾でミンチにするのは拙いのか？　警察活動ならともかく、戦場でそれを言うのは不合理だよな？　だいたい、俺たちがやっていることは、治安維持なのか？　それとも戦争なのか？　海外勢力による策謀はあれど、治安維持だとしたら、確かに警察比例の大原則が適用されるかも知れないが。レスラー、サイト1Aの辺りの、スキャン・イーグルが撮影した写真を見せてくれ」

　土門は、壁のバーに固定した腰のハーネスを外すと、コンソールに近寄り、モニターを何カ所か指でなぞった。

「あの軍団が近付いてきたら、ミサイルでバンカーを作ろう。敷地のフェンスから三〇〇メートル辺りのジャガイモ畑のど真ん中だ。横一列で良い。四カ所くらいだ。とにかく、畑は身を隠す場所も無い。死体を弾避けにするくらいしか。そこで、ミサイルで何カ所か穴を掘ってやる。直径一〇メートル前後のそれなりの大きさと深さの穴が出来るだろう。彼らは、その穴に逃げ込み、身を伏せてそこからこちらを撃とうとしてくるはずだ。そこにグレネードをお見舞いして黙らせる。そこがしばらく阻止線になるだろう」

「その穴はたぶん、ほんの一五分で、死体で埋まると思いますね。たぶんひとつに付き、百人かそこいらの死体で埋まりますよ」

「そうなるだろうな。だが、それで時間稼ぎは出来る。この数は、B‐52の絨毯爆撃で無ければ阻止出来ないぞ。ヴァイオレットが手を汚し、空軍の戦闘機でも使うのでなければな」

「北からも回り込むでしょうから、そちらにもバンカーを作りましょう。あとは、北西側の民家とか、ここに少し固まる農家の住居が障害になりますが……」

「ミサイルで全部は吹き飛ばせないな。もしミサイルが残るようなら、そこを攻撃リストに挙げておこう。もう住民は避難した後だろう?」

「警備チームが確認ずみです」

「九〇分以内に、ラピッド・ドラゴンの使用を要請すると伝えておけ」

　すぐ外で、20式小銃の発砲音が聞こえてきた。橋の向こう側と撃ち合いになっていた。

「どこかにピストル・ホルスターとか無かった

か？」

「蚕棚ベッドの枕元に置いてあります。ＡＥＳＡレーダー、出しますか？」

「敵がドローンを使えば見えるか？」

「確実に見えます。ただ、上に戦闘機がいたら、われわれの存在も露呈する。対地ミサイルが飛んで来るかもしれないし、それは洋上から来るかもしれない」

「解放軍は、ステルシーなミサイルを装備しているのか？」

「当然、開発はしているでしょうが、量産が始まったという明確な情報はないですね。型番情報も流れてこない」

「ミサイルを撃たれたらどうする？」

「手はあります。〝ベス〟と違い、〝メグ〟は防空ミサイルを装備していない。しかし、〝ジョー〟の方に、車載用のスター・ストリークⅡを積んできました。あれを、ミサイルの飛翔方向を推定して、事前に配置すれば、迎撃の可能性はあります」

「撃墜できるとは言わないのか？」

「たとえば、真正面からのミサイル迎撃は難しい。かと言って、シグネチャーが大きい側面からミサイルを狙って撃てるチャンスは限られるし、速度も関係します。ターボジェットなら対応出来るが、ロケット推進なら対応出来ない」

「ここにいて、サイト1Ａをカバーできるか？」

「ある程度は。ただ、ミサイルの数はたったの三基です。戦闘機がいるなら、守ってもらうに越したことはない」

「その三基、お前ならどこに配置する？」

待田は、隣のモニターの写真を動かした。

「教会の南東側近くに、メディカル・センターがあります。屋上は高さがある」

「病院に兵器を置くのは拙いだろう。ウクライナでも散々それを攻撃の理由にされた。教会のほぼ隣にある、この四角い建物は何だ？　屋根はフラットに見えるが……」

「ダラー・ツリー。つまりアメリカの百円ショップですね」

「アメリカの百円ショップってこんなにでかいのか？　日本ならショッピング・センター並みだぞ」

「ここも悪くはないですが、町の西端で、当然、暴徒が攻めて来ます。施設の大きさからすると、ここをデータ・センターと勘違いする連中も現れるでしょう」

「じゃあいっそ、近くの消防署の屋上はどうだ？」

「南からサイト1Aに突っ込んでくるミサイルに関しては狙えます。西や北から突っ込んでくるミサイルは、射程距離内とは言え、ちょっと遠いですね。交戦タイムが限られる」

「消防署で良い。まあ、あれもこれもと無理は出来ん。消防署なら、コマンドも往復できるし」

「わかりました。準備させます。姜小隊を呼びますか？」

土門はほんの一瞬、考えた。

「……この兵力差では焼け石に水の気もするが、間に合うのか？　検問所から撤収させて、再装備、陸軍の飛行場からツイン・オッターに乗せて。あっちの様子はどうなんだ？」

待田は、姜小隊上空を舞うスキャン・イーグルの映像に切り替えた。

あちこち、涸れ川を挟んで火点が確認できた。

「ま、何も言ってないことから察するに、支えられてはいるようだが……。ナンバーツーに命令。三〇分以内に現場を撤収。空挺装備を整え、二時間以内にツイン・オッターで駆けつけろと」

「あそこは、姜小隊が抜けたら、支えられない可能性がありますが？」

「だから、三〇分くれてやる。その間に、米側と交替しろと。どこから兵隊を連れてくるかは米側の問題だ。戦場に情けはない」

待田は、姜二佐を呼び出して一方的に命じた。こちらの状況は、〝ベス〟でも確認できるだろうから、迷っている暇はないですよ、と付け加えた。


住宅街では、放火が始まっていた。〝ハヤブサ〟は、消防モードも備えており、監視下に高い熱源反応があると、それを火事なのか、タバコなのか、あるいはバーベキューの熱源なのかをＡＩで判定する機能を備えていた。

戦場はスキャン・イーグルが見張っていたので、原田は、ハヤブサを住宅街の監視に専念させた。やがて、消防署の指揮車がサイト１Ａに現れた。消防車は住宅街に事前配備されていた。

だが、問題がひとつあった。放火犯がいる。その放火犯は、間違いなくプロで、放火現場で、消防車が現れるのを待ち構えていた。

しかもこの放火犯は、性能の良いサーモ・ブランケットを被っているようで、なかなか正体を見せなかった。

それで、ノース・イーストの住宅街で、消防車一台が破壊され、隊員四名が撃たれた。二人は助かったが、二名がそこで即死した。

原田は、田口チームに、消防車に同行し、彼らを守り、可能なら敵を排除せよ、と命じた。

施設西側の銃撃戦は、しばらく止んでいた。大攻勢に備えての小休止だった。敵は近付いてはくるが、撃ってはこない。

施設中庭の陣地を、少年らは〝フォート・アパッチ〟、アパッチ砦と命名していた。

原田は、そこでハヤブサの映像を見ていた。ノース・イーストの住宅街は、よくもここまで綺麗に宅地整備したものだというくらい見事に均質化された住宅街だった。ほぼ全ての宅地が同じ面積、同じサイズの戸建てと同じ色の屋根で建てられている。

消防車二台が、そこをゆっくりと巡回していた。消防の小隊長殿が、日頃からこういう高性能のドローンで巡回できれば、町に消防車は一台で済むだろうと感心した。

税収潤沢な町で、ＧＡＦＡＭから寄贈された消防車もある。消防施設の運営は他所より楽な方だろう。ブッシュマスター一台は、一台の消防車の前を走っている。もう一台に護衛は無かったが、そこは作戦が立ててあった。

赤い警告灯を点灯し、住民らに「家から出るな！　窓に近付くな！」と呼びかけながら回っている。

ブッシュマスターは、タオが運転していた。暗闇ながら、消防車の赤色灯の反射を頼りに運転していた。ありとあらゆるものに反射していた。暗視ゴーグルより頼りになる。

「タオ、お前さん、運転、上手いね？」と助手席の比嘉が誉めた。

「はい。私、左ハンドル車も上手いんですよ。たまに台湾に戻るというか、旅に出て親族を乗せてドライブするので」

しかし、全く代わり映えしない景色だった。どこの角を何回曲がろうが、周囲の景色は全く変わらないのだ。

出火の発見があった。ハヤブサは、火が出た一〇秒後にはその炎を発見していた。明らかに燃焼促進剤を使った放火だった。あっという間に燃え上がる。たぶんタイマーも使われている。庭先に停められた自家用車が燃えていた。消防車がサイレンを鳴らして速度を上げる。

ブッシュマスターもフォグランプを点して走った。

「こちらヤンバル、周囲に敵は？――」

と無線で聞いてきた。

「そこにはもういないな。安全だと思う」

と原田が応じる。

比嘉は、ルーフの銃座から顔を出すと、指笛を吹いて、消防隊員に安全だと告げた。

原田は、モニター上で視線を移動した。

「すると……、敵はもう一台を狙うだろうから、この辺りか……。タッカー君、ハヤブサを手動操縦で、もう少し高度を下げてくれ。この辺りが綺麗に見えると助かる」

すでに、一人の味方コマンドははっきりと映っていた。

「少佐、ここに味方が二人いるんですよね？　でもセンサーには、さっきから一人しか映らないのはなぜですか？」

「それは一応機密だけどね、対赤外線加工された、高価なギリースーツを頭から被っている。足首まである奴。彼のすぐ隣を歩いているんだけどね」

「本当に？」

「ああ。昼間なら見えている。可視光ならね。時々、小動物が横切るように錯覚することがあるだろう。それが彼だ」

ハヤブサがぐんぐん高度を落としてくる。

住宅の一軒一軒を十分ズームして窓から部屋の中が覗けるほどの高度まで降りてきた。

「見えたぞ！　リザード、次のコーナーを左へと曲がれ。五軒目、その辺りには珍しい大木が茂っている。その下だ！」

「リザード了解」

田口は、歩きながら各務に向かって「本当に良いのか？」と尋ねた。

「はい。自分はこの方が楽だし、素早く動けます。敵が銃口を向ける隙に避ける自信もあります。消防署は、出来れば敵は生きたまま捕まえてほしいと言ってましたから、ひっくり返してやりますよ」

「援護する」

角を曲がると、通りの一番奥で火の手が上がった。

ベッキーが「やだ。お隣のお隣さんだわ！」と驚いた。

消防車がゆっくりと近付く。消防隊員は、すでに消防車を降りて、辺りを警戒していた。

木陰から、何者かがゆっくりと出て来た。アサルト・ライフルを持っている。幸い、銃口も背中もこちらに向けていた。各務は、目にも止まらぬ動きで移動した。田口にはほとんど瞬間移動に見えた。背後から強烈なタックルを喰らわせてその場にひっくり返した。

その横から二人目が出て来たが、何が起こったのか一瞬判断できない様子だった。田口がHk-416の引き金を引こうとしたが、田口の銃身が起き上がった時には、その一人もう地面にひっくり返されていた。

消防隊員が駆け寄ってくる。消防車のサーチライトが、その現場を照らした。

各務は、まだ銃を握っている一人を路上で羽交い締めにしていた。もう一人に消防隊員二人が飛びかかり、自分のヘルメットを右手にボコボコにし始めた。

「まず、消火だ！　さっさと火を消せ。こいつらは縛って引き渡すから」

敵はどうやらロシア人、傭兵のようだった。炎は、まだたいしたことはない。敷地の片隅に作られた物置小屋の壁が燃えている程度だった。似たような物置小屋がそこいら中にあった。

結束バンドで縛り、消防車に引き立てると、消防隊員は無言のまま二人の捕虜をロープでぐるぐる巻きにした。

「フォール、上から見ている。お見事だった。その一軒手前の家だ。自転車が庭に放り出してある。スワンソン夫人宅のドアをノックしてくれ。もしご夫人が出たら、ヘッドセットを渡してやれ。お嬢様が話すからと」

しばらくして、各務がヘッドセットをスワンソン夫人に手渡した。

原田は、何も説明することなく、自分のそれをベッキーに手渡して被らせた。

「お母さんが出ている。全二重通信。電話のように同時に喋れるよ」

「ママ！　ママ、聞こえる？　あたし、あたしよ！――」

上空から見ると、マッチ箱のような家並みが続く住宅街だが、ズームして見ると、それなりの広さだ。玄関に、それなりの大型車が五台も停めてある家があった。その広さから察すると、日本の都心なら大豪邸に相当する敷地面積だ。やはりここはアメリカだ。

彼らは、1パーセントではないだろうが、99パーセントでもなさそうだった。

背後から、キム中佐が、タッカーに呼びかけた。

「タッカー、ご苦労。良くやった。ハヤブサの高度をもう少し上げてくれ。サウス・ウエストの住宅街でも放火が続いている。それと、君らに解決してほしい新しい問題が出て来た。実は、西の空で、ドローンが上がり始めた。自衛隊がドローン・ディフェンダーを持参しているが、少し遠くてまだ効果が見込めない。その距離からでも、ここが見えるということだろう。君ら、ドローンで空中戦もやるよね？」

タッカーは、ニヤリと笑った。

「我らチェイサーの、チェイサー（追跡者）たる所以を見せてやりますよ！　でも、ボーナス、弾んで下さいよ？」

「もちろんだ！」

消防隊の小隊長が、その場にいた全員に握手を求めて感謝した。犯人は、しばらく消防署内で、全く人道的に扱われ、いろいろ人生を後悔させてから、手足が付いた状態で警察に引き渡されるだろうとのことだった。

ベローチェ少佐が、「君の気持ちはわかるよ」と原田に言った。

「そうですかぁ？」

「本当だよ。習志野で、空挺団の士官の家に招待されて飯を食ったことも何度もある。こんな地方で暮らすんだ。せめて家くらい広くなきゃやってらんないぞ。これでも彼らは、立派な99パーセントだ。99パーセントではあるが、アメリカ社会の、最も平均的な、正しい側にいる99パーセントだな」

突然、空に轟音が響く。Ｃ‐２輸送機が超低空で通過する。パラシュートが何個か、ピンポイントで駐車場に着地した。武器弾薬の補給だった。

必要なのは兵隊だが……。それも師団規模の兵隊だ。

第八章　カローデン・ムーア

キャッスルこと大城雅彦(おおしろまさひこ)一曹が、四個投下されたコンテナから、鉄帽と防弾チョッキを回収して少年らに着用させた。

「弾以外に何が来た？」

と原田は聞いた。

「96式40ミリ自動擲弾銃に、M2も来ました。これで射程で撃ち負けることはない。あと60ミリ迫撃砲。そして手榴弾」

「あの数に対して効果があるのか。使いたくもないが……」

「そうですね。むしろ催涙ガスの方が、ワシントンDCでは効果がなかったが……」

「長距離音響発生装置(LRAD)とかどうだろう？」

「敵にM2まである限りは、持ち出した途端、使う前に蜂の巣にされるだけです。銃弾には銃弾しか効果がない」

「自分たちは正しいことをしているのか自信がない」

「もし、ここにいるのが自衛隊ではなく英軍や米陸軍だったとしても、話し合える相手ではないでしょう。彼らは、われわれの降伏しか認めない。降伏せずとも、われわれがここを明け渡したら、火を点けて回るはずです。もしここに、われわれのインターネット・バンキングの帳簿や、三〇年に及ぶ個人のブログや日記が格納されているとしら、これは日本の立派な財産です。守ることには意義がある。相手を民衆だと思うから悩むが、私服姿のただのテロ集団だと思えば気も楽でしょう」

「海自のヘリ空母が近くにいるならさ、戦闘機にレーザーJDAMとか抱かせて投下もできるよね」

「ええ。先にお願いしておくだけの価値はあるでしょうね」

原田は、その場で土門に意見具申し、米軍による空からの増援が見込めないのであれば、空母艦載機による反復爆撃を要請したい、と頼んだ。

土門は、「君から殺戮の提案なんて珍しいな」と応じた。要請はすると。だが万一に備えて、少年らだけでも、退避ルートを確保しておけ、ブッシュマスターを待機させる、とも命じた。


その少年らは、動ける状況には無かった。

タッカーは、原田が貸したタブレット端末で、スキャン・イーグルの映像を見ていた。

確かに、フェンスから三〇〇ヤード西を二機のドローンが飛んでいた。往復している。東西にルートを取り、進んでは引き返すを繰り返していた。

「これ、プロだね。ロシア人か何か知らないけれど、軍隊レベルの訓練を受けている。どこまで出られるかを試している所だよ」

「君らが対抗試合でやる空中戦って、本当にぶつけるの？　クアッド型ドローンもそれなりに高価だよね？」

「それ、大会では、後援に付くメーカー側が機体を提供するんだよ。中古の機体をチューンナップして提供することになっているけれど、メーカーさんは、自分たちの商売が掛かっているから、どこも新品を出してくるよね。逃げる側と追い掛ける側が設定され、五分逃げ回ったら、逃げた側が勝ち、時間内に、ぶつけて双方墜落したら、ぶつけた側が勝ち。試合前に、一五分、操縦慣熟の時間が与えられる」

「じゃあ、君たちは、触ったことのないクアッド・ドローンでもすぐ飛ばせるんだ？」

「そうでないと、チェイサーは名乗れないし、そもそも大会になんて出られないよ。シアトルみたいなＩＴ本拠地のチームはみんな強敵だ」

「なぜ君らは彼らより強いんだ？」

「理由は単純。都会はさ、そもそもドローンを飛ばす場所がないでしょう。室内を借りるのも大変でお金が掛かるし、空き地があってもそこまで行くのがまた大変。ここは、友だちの親が持っているプランテーションで飛ばしても良いし、学校から一〇分も自転車を漕げばバッドランドの山肌で、誰の邪魔も入らないし。でも知ってる？　親父の警備チームが飛ばしているここのドローン。中国のＤＪＩなんだよね。物は安くて良いけど、ここでＤＪＩのドローンを飛ばしちゃダメだよね。かと言ってフランスのパロットも中身はＤＪＩと同じ部品だったりするけれど」

「らしいね。あまり選択肢はないと聞いたよ。そのＤＪＩを飛ばして奴らを叩き墜してくれ。四機ある。それを使い果たしたら――」

「大丈夫、僕らが持って来たドローンで叩き墜すよ。相手は別に逃げ回っているわけじゃないから、そう難易度は高くないと思うよ。コントローラーを貸して」

「操縦方法はモード1とか2とかあるらしいよね？」

「それ大会での引っかけ問題。僕らはどっちでも瞬時に即応できる。慣れの問題だけどね」

コントローラーのケーブルは、すでに屋上のアンテナと接続されていた。普段は警備室からそれで操縦しているらしかった。

一台はタッカーが、もう一台をベッキーが操縦する。クアッド型ドローンをペアで離陸させた。その間、キムと原田が、ハヤブサの映像を監視していた。

敵は、確実に近付いていた。ピックアップ・トラックやSUVでジャガイモ畑に突っ込み、こちらの射手に対して目隠しを作ろうとしていた。その度に、軽機関銃を喰らって頓挫する。だが、フェンスから四、五〇〇メートルの所には、横一列に廃車置き場が出来ていた。その車の一台一台が、フロントガラスを撃ち抜かれ、運転手はその場で死んでいた。

タッカーらは、アナログ伝送される映像を見ながら、ドローンの高度を一気に上げてから西へと飛ばした。

「なんでそれアナログなの?」

キムがちらちらモニターを見ながら言った。

「安いから。デジタル変換して伝送するには、時間が掛かることも事実だけど。もちろん、デジタルの搬送の方が圧倒的に綺麗だし、干渉にも強い。見えれば良いって低価格ドローンは、今でもアナログ伝送が主流だよ。地獄だな、これ……」

暗視モードのカメラは、ジャガイモ畑の地獄絵を映し出していた。

ありとあらゆる所に死体が転がっている。血を流しながら這っている者もいる。大量の血を流してまだ生きていると思ったら、それは生暖かい血ではなく、腸を引きずって這っている人間の姿だった。

「ズームアウトしてくれ。そんなのを見る必要は無い」

二機のDJI製ドローンは、敵のドローンからかなりの高度を取った後、水平飛行に移った直後の敵ドローンめがけて急降下した。

こんな芸当を単にパイロットの操縦感覚だけでやってのけているという事実をキムはなかなか信じられなかった。自分は、プログラムに関しては天才だが、この分野では彼らも天才に違いない。

上空から真っ逆さまに、ほとんど石ころのように突っ込んできたドローンが命中し、絡み合った二機が回転しながら地上の群衆の上に落下していった。

二人共ワン・トライで狙った相手を叩き墜した。しかも、ベッキーが操縦する機体は、よろけて墜落し掛けながらも、姿勢を回復し、そのまま戻ってきた。

暴徒の前線は、施設フェンスに六〇〇メートルほどまで近付いていた。南北の両翼にして、幅は一キロを超えていた。南側は、線路やクリークを跨いで、水機団が守る28号線にも達していた。

土門は、ここでラピッド・ドラゴンの発射を命じた。

スポケーンまで退避していたC‐2攻撃機〝ジャズム・ワン〟は、フェアチャイルド空軍基地上空、高度二〇〇〇〇フィートから、AGM‐158・JASSM‐ER空対地巡航ミサイル九発を蚕棚状に装備したコンテナを投下した。

コンテナは、パラシュートを展開して姿勢が安定すると、真下へ向けて九発のミサイルをセルから続けて落とした。ミサイルは地上へと垂直に落ちながら動翼を展開し、エンジンに点火、それぞれの目標へと突進していく。

〝メグ〟の指揮通信コンソールでは、待田が、キッチン・タイマーを五〇分にセットして土門から見える位置に置いた。

「四発のミサイルは直進します。残るは五発。クインシー北方のバッドランド上空でホールドに入ります。カウントダウン五〇分です！　五〇分経過して目的地のリセットがない場合は、事前に入力した通り、先発した四発の近くに向かいます」

「わかった。南の方、水機団はきつそうだな……」

「はい。さっきリザードがM2をぶっ壊しに行ったルートを逆走して来ますね。車両が擱座する度に、押し出しては前進してくる」

水機団の三個小隊が教会付近に展開してそこを支えていたが、今にも突破されそうだった。


中国海軍初の正規空母〝福建(フージン)〟（八〇〇〇〇トン）を四機編隊のステルス艦上戦闘機J-35（殲35）が飛び立った。二機が攻撃。もう二機はその護衛だった。

攻撃機は飛行隊長でもある林剛強(リンカンチィアン)海軍中佐と、陶紅(タオホン)大尉。簡単な任務だ。シアトルの北方、エヴァレット上空から侵入し、山岳地帯でミサイルを発射して引き返す。交戦はなし。敵に発見されることもなく引き返す。

だが、陸地に乗る前から問題が発生していた。まず進行方向にAESAレーダーを探知していた。また、としても日本の哨戒機だ。ということは、その哨戒機の近くには、敵のステルス戦闘機が護衛として飛んでいるということだ。

搭載しているKD-99空対地ミサイルは、ステルス戦闘機用に開発された。ステルス戦闘機の格納庫に収まるよう、主翼は折り畳み式。形状もレーダーに映りにくいようデザインされた弾体は、円柱ではなく三角柱に近

い。西側のＪＡＳＳＭ‐ＥＲ空対地ミサイルを真似て開発された。だが、性能は遠く及ばなかった。

まずステルス性能はないし、航続距離もまるで足りない。

当初は、沖合二〇〇キロから発射してさっさと引き返すつもりだった。だがそれでは、Ｐ‐１哨戒機のＡＥＳＡレーダーに発見され、たちまち護衛戦闘機に撃墜されることになる。近くまで、ミサイルを運ぶ必要が出てきた。

だが、選択肢はあまりなかった。まず、陸上に上がるのは何にしても危険だ。何より、こちらの航続距離が伸びることになる。空中給油機はいるにはいたが、訓練はまだまだで、とりわけ夜間の空中給油は危険だった。

ミサイルの航続距離を当てにして、いったんカナダ国境へと出た所でミサイルを発射するか……。

だが、ここで機体を北へと向ければ、まちがいなくＰ‐１のレーダーに機体後部を晒すことになる。

これはお手上げだと思った。Ｐ‐１はてっきりハワイやアラスカ辺りに引き揚げたと思っていた。

任務は、アメリカ資本主義の心臓部の攻撃と破壊だ。それが最優先だ。Ｐ‐１と遭遇した時、護衛戦闘機は四機も隠れていた。

今回も、恐らくは同数がＰ‐１の周囲を警戒しているはずだ。それを蹴散らすには、こちらも四機で挑むしかない。だが、自分と僚機の機体は、空対空戦闘が出来るだけのミサイルは積んでいない。自衛用の小型ミサイルを二発積んでいるだけだった。

あれこれ迷っている暇は無かった。護衛戦闘機二機に、陽動としてのＰ‐１哨戒機の攻撃を命じた。

護衛戦闘機は、中距離誘導ミサイルを各四発搭載している。敵も同じようなものだろう。こちらがミサイルを哨戒機に向けて発射すれば、敵戦闘機はその撃墜に躍起にならざるを得ない。哨戒機は逃げることに精一杯。その隙に、目標に接近するしかない。

味方戦闘機が犠牲になる可能性があるが、仕方無かった。

二機の護衛戦闘機は、ただちにAESAレーダーを入れ、自らの位置を露呈しつつ、敵哨戒機への接近を開始した。

だが、日本側も困ったことになった。F-35B戦闘機の目的は、P-1を利用して敵を牽制しつつ、クインシーの町を守ることだった。つまり彼らは、護衛対象を二つ抱えていた。

こちらは四機、現れたのは二機。たぶん二機だけではないはずだ。向こうはこちらの注意を惹き付けるために二機を犠牲にする覚悟なのだ。四機で立ち向かえば、P-1を守り切った上で二機の敵戦闘機は排除できる。だが、恐らくクインシーは捨てることになる。

P-1が、速度を上げて東への針路を取った。大陸奥へと向かえば、それだけ敵戦闘機に無駄な燃料消費を強いることになる。敵が攻撃を断念して引き返す可能性があった。

そして、飛行隊長の阿木辰雄二佐にも迷っている暇は無かった。

「バットマンより、コブラ、クインシーへ飛べ！　敵はまだ二機いるぞ」

「しかし——」

「八発対八発で撃ち合った後、敵にはまだバルカン砲があるが、こちらには無い！　三機でP-1を守るしか無いのだ」

「了解、コブラ。敵を探し撃墜します！」

「ミサイルを撃たれる前に墜とせよ」

敵戦闘機二機が、まず空対空ミサイル四発を発射した。

味方編隊が、それを四発のＡＩＭ－120Ｄ、ＡＭＲＡＡＭミサイルで迎撃する。

その四発が互いに対消滅すると、残る四発を撃ってきた。思い切りの良い相手だと阿木は思った。敵は、こちらにバルカン砲がないことを知っている。だが、下手をすると戦闘機の巡航速度より速度が出るＰ－１に追い付く余裕があるだろうかと思った。

空対空任務は編隊での戦闘が大原則だ。一機で突っ込ませるような作戦は想定していない。だが、彼女ならやり遂げてくれるだろうと思った。それとも、自分が行くべきだったのか……。

コブラこと宮瀬一尉は、レーダーを入れるべきかどうか迷った。レーダーを入れれば、たぶん敵は見える。敵の背後を取れるはずだ。だが、レーダーを入れた途端、こちらの位置もばれるし、敵を発見したこともばれる。

Ｆ－35のセンサー・フュージョンを信じて、光学センサーで探すしかない。この機体の機首直下に張り出した電子・光学式照準システム（ＥＯＴＳ）は、Ｐ－１のＥＯセンサーより優れている。Ｐ－１より先に発見できるはずだ。

そのＰ－１は、ヤキマ方向へとやや下がりぎみに飛んでいた。敵はＰ－１を追うだろうか？　いやそれはないな……。Ｐ－１のＡＥＳＡレーダーに見えないということは、敵編隊はまだそこまで進んでいないということだ。

突然、二発の巡航ミサイルがＥＯＴＳに捕らえられた。そうかそこか！……。つまり、敵はミサイルを放り出して、こちらを燻り出す作戦だな。ミサイルは四〇マイル前方。だが解放軍機よ、お前達の燃料は持つのか？……。

身軽になった一機が、もう一機を先行させて護衛することになる。宮瀬は、良いだろう、撃たせてやると思った。

ＡＥＳＡレーダーを入れて突っ込む。二機の戦闘機が見えてきた。その二機の間隔はそれなりに開いている。

宮瀬は爆弾倉を開き、前を飛ぶ一機に向かって二発のＡＭＲＡＡＭを発射した。だが、その次の瞬間、敵機の爆弾倉が開いて、二発の空対地ミサイルが飛び出した。

もう無駄撃ちは出来ない。後続機がこちらに向かってきて、自衛用の短距離ミサイルを発射した。真正面に、レーニア山があった。山頂付近の南東側に、分厚い雲が掛かっている。単独峰で良く見る笠雲の類いだった。宮瀬は、ラダーを蹴り、その雲を目指した。突っ込む寸前に、チャフ・フレアを発射する。

山肌がどこにあるのかわからなかったので突っ込む瞬間には姿勢を戻した。周囲は真っ暗だ。雲の中ではセンサーフュージョンも役に立たない。レーダーをいったん切り、一切の視覚情報を遮断し、ゴーグルを上げて計器パネルを見た。こんなことで空間識失調は起こせないぞ！

高度を維持し、雲から抜け出た瞬間、さらにスーパー・クルーズへと入った。敵の巡航ミサイルはターボジェットだ。マッハ速は超えない。なら、まだ追いつける！

残る空対空ミサイルは二発！　雲から抜けた途端、ゴーグルを降ろして背後左右を監視する。敵機はもう居なかった。恐らく燃料の問題だろう。敵はこれ以上、空域に留まり、相手を追うことは危険だと判断したのだ。こちらの二発のミサイルもたぶん無駄になった。

自分が編隊長でもそう命じたはずだ。宮瀬は、手前の二機の巡航ミサイルに対して、残り二発のＡＭＲＡＡＭを放った。機体が軽くなり、更に速度が増す。残る敵ミサイルは二発。二発は無理でも、一発は墜してやる！

腹立たしいことに、四発のミサイルは、迂回コースは取らずに、まっすぐ目標に向かっていた。クインシーへと。

〝ベス〟の背中に乗るフェーズドアレイ・レーダーも、突っ込んでくる四発のミサイルを捕捉していた。

「後ろの二発、たぶん味方ミサイルによって撃墜されました」

「二発、スター・ストリークで叩き落とせるか？」

と土門は待田に聞いた。

「ネガティブ！　ミサイルはまっすぐ突っ込んできます。交戦時間を確保できません。たぶん狙いはサイト１Ａです」

「Ｃ‐２が撃ったＪＡＳＳＭ‐ＥＲは？」

「敵ミサイル着弾の後になります。時間がありません。ただちに退避命令を」

「了解。原田小隊、直ちにサイト１Ａより退避。山側へと脱出させろ！」

その頃、宮瀬一尉はまだ戦っていた。

右翼に、敵の巡航ミサイルが見えていた。シルエットは、ＪＡＳＳＭ‐ＥＲとそっくりだった。おむすびみたいな胴体に、二枚の後退翼。空気取り入れ口も胴体下面、主翼が展開すると、空気取り入れ口が覗く構造だろう。

さてどうしたものか……。考える時間はないぞ……。真上に乗って上から押し潰すか、翼を主翼に引っかけてひっくり返すか、あるいは、上に乗った状態でアフターバーナーを焚いて焼き尽くすか。

主翼の端で引っかけるのが無難だなと判断した。こちらも傷つくだろうが、墜落して機体を失うほどではないだろう。飛べる状態なら、もう一発のミサイルに突っ込める！

宮瀬は、ぐんぐん機体を幅寄せしていった。敵はクインシーの町めがけて降下角度を取っていた。

だが、宮瀬は一瞬、速度を落とす操作が遅れた。機体が敵ミサイルの前方にオーバーシュートしそうになり、速度を抑えようと爆弾倉を開いた。開いた外側扉が、偶然、敵ミサイルの左主翼を引っかけた。だが、宮瀬機の速度ががくんと落ちたことで、今度は、ミサイルが前方に出てしまい、F-35Bの右側インテイクが、その折れた主翼の大部分を吸い込んでしまった。

タービン・ブレードが吹き飛び、激しい衝撃とともにバックファイアが起こる。操縦系統が殺られて、舵が効かなくなった。

ありとあらゆる警告ランプが点り、機体は、パイロットに脱出（イジェクト）せよ！　と音声でメッセージを遺した。

舵を動かそうと焦ったが、反応は無かった。コクピット・パネルが消え、暗闇で天地もわからなくなる。

宮瀬は、ああ！　と呻くと、股間の脱出レバーを引いた。次の瞬間、ベイルアウトの一連の動作が始まった。ショルダー・ハーネスが彼女の身体をグイと引っ張り、頭上のキャノピーが外側に粉砕され、射出座席が飛び出し、パラシュートが展開し、射出座席から身体が放り出された。一連の出来事は、瞬きする間に、ほんの一瞬で連動して起こった。

宮瀬は一瞬思考も神経もブラックアウトしたが、飛行服に叩きつける風ですぐ意識を取り戻した。

自分がどこで放り出されたのかさっぱりわから

なかったし、地面がどこにあるのかもわからなかった。だが、愛機が地面に激突して爆発した瞬間の炎で、地面がわかった。

ご免なさい！　一発逃してしまったわ……。

F‐35の墜落は、〝メグ〟のレーダーも探知した。キャノピーが破砕された瞬間に、機体がレーダーに映ったのだ。

だがその間にも、ミサイル一発が突っ込んでくる。

サイト1Aの火災報知器が鳴り、事前の警告通り、原田小隊と警備チーム、そして少年ら全員が施設から離れようと脱兎のごとく走り出した。

原田が、アパッチ砦近くに寄せたブッシュマスターに少年らを乗せる。

レディー・ファーストで、ベッキーから乗せようとしたが、ベッキーは、ブッシュマスターのハッチに手を掛けた瞬間、「待って！　できるわ――」と何かを閃いて走り出した。

「出来るって何を！――。時間が無いぞ」

とタッカーとキム少佐が追い掛ける。

「ラップトップ開いて！――」

ベッキーは、まずハヤブサを急上昇モードに設定してから、分厚いマニュアルを膝に抱いて、後ろの頁から開いた。

「カミカゼ・モードよ！　機体ごとに、カミカゼ・モードの入力コードが割り当てられている」

その頁には、相手ドローンが〝このハヤブサより安価だと思われる場合、カミカゼ攻撃は回避せよ！　これは高価な機体だ〟と太い字で書かれていた。

「だって相手はミサイルだよ？　ドローンじゃないぞ」

「設定するくらい良いじゃない？　試す価値はあ

るわ」

「ベッキー、避難する暇が無くなるぞ！　ミサイルは施設に命中して中で爆発する。圧力鍋の爆発事故と同じだ。人間は、内臓から押し潰されて即死する」

キムは、ベッキーの腕を掴もうとした。

「高度一〇〇〇万フィートまで上がれば、最低でも六マイル先まで見える。亜音速で突っ込んでくるミサイルは、その六マイルを三〇秒掛けて飛んでくる。ミサイルがどのくらいの高度で突っ込んでくるかだけど、ターゲットをセンサーで捉えて、攻撃を指示してからでも間に合うわ。二〇秒もあれば一五〇メートルは走れる！」

ベッキーはたちどころに計算して作戦を説明した。

原田が、ヘッドセットで待田を呼びながら追い掛けてきた。

「命中まで、四〇秒プラス・マイナス五秒だ――」

「タッカー、コマンド打って！　KAMIKAZE4503、リターン・キーよ！」

「入れた。カミカゼ・モード起動準備。ターゲットを指定せよ！　と出ている」

「ミサイルは北西方向から飛んで来る。今、高度五〇〇フィートだそうだ。まだ下がっている。こういう攻撃は、ミサイルは超低空を飛んだ後、最後にジャンプし、横からではなく、真上から突っ込むように設定される」

「見えた！――」

タッカーが震える手でタッチパッドを操り、その高速目標をコンテナで囲み、リターン・キーを推した。ターゲットは恐ろしく速い。なんというか、まさにミサイルだった！

「逃げましょう！」

と真っ先にベッキーがマニュアルを放り出して

走り出した。ブッシュマスターに飛び込む。

原田とキムは、ステップにしがみ付いた。原田が「出せ出せ！」と怒鳴る。

タイヤをきしませながらブッシュマスターが走り出す。タッカーのタブレット端末は、施設に設置した無線ＬＡＮとまだリンクしていた。ハヤブサのカメラの真ん中に十字マークが現れていた。展開していた主翼を畳み、ハヤブサは高度一〇〇〇〇フィートから急降下を開始していた。まさに、その狩りはハヤブサそのものだった。真っ逆さまに落ちていく。地表の風景は流れるように見えていたが、カメラの中心には、常にミサイルの光点があった。

遂に、ミサイルの形状が見えてくる。小さな翼が付いていた。急激にその機体がズームし、次の瞬間、爆発した。その時の輝きは、ブッシュマスターからも見えたほどだった。

しばらくして、待田が「脅威は消滅した。付近に飛行中の敵ミサイルはない。味方ミサイルの着弾に備えよ……」と報告して来た。

施設のゲート外で停車したブッシュマスターのキャビンで、タッカーが「死ぬかと思った……」とぼやいた。

「まさにファルコンの狩りだったな……」とベローチェ少佐が呻くように言った。

「ベッキー、君はたった今、どれほど高価な合衆国の財産を守ったかわかるかい？　ヨーロッパの小国の国家予算ほどの富を君は守ったんだ」

とキム中佐が讃えた。

「たかがデジタルでしょう？　ただのデジタルデータの羅列だわ。独立宣言書一枚の価値も無い」

「でも、有り難う！　ＧＡＦＡＭが束になって、アイビーリーグへの君の推薦状を書いてくれるよ。奨学金に生活費、大学への数百万ドルの寄付金付きで」

「それは悪くないわね」

とベッキーはようやく笑った。

「それ、僕らにもお裾分けはあるかな？」とタッカーが。

「もちろんだよ！　全員に、奨学金付きの推薦状を書かせる」

「それはともかく、今度こそ君たちには避難してもらうよ。通っている学校にね」

原田が告げた。

施設の西側で、ＪＡＳＳＭ‐ＥＲがほぼ等間隔で爆発した。じゃがいも畑のど真ん中に、直径一五メートル前後、深さ五メートルはある巨大なバンカーを、ほぼ等間隔で作った。

エネルギー省のドゥームズデイ・プレーン〝イカロス〟の静音ルームで、Ｍ・Ａこと魔術師ヴァイオレットは、ＮＳＡ長官エドガー・アリムラ陸軍大将との短い電話を終えると、自衛隊のスキャン・イーグルの映像に視線をくれた。

ミサイルが掘ったバンカーに、次々と暴徒が飛び込んでくる。ここなら良い弾避けになると思ったのだろうが、そこを目掛けて40ミリ・グレネードや、60ミリ迫撃砲弾が次々と発射され、さらに施設の屋上からは軽機関銃も撃ち降ろしてくる。折り重なるように死体の山が出来ていく。

カーソン少佐が、モニターを操作して、新たなデータを表示させた。

「ＮＳＡが探知している、衛星携帯の位置を重ねています。全部で、一〇個ほどが暴徒の中で起動しています」

「その、スキニー・スポッター。彼女には衛星携帯は渡されていないのね？」

「はい。連絡手段は与えてないそうです。もちろん、この暴徒の中に彼女がいるかどうかはわかりませんが。たぶんいるだろうと思います」

「この数はいったい何よ……。まだ万はいるわよ……」

「キャンプ・サイトでドラッグとかキメた連中でしょう。怖い物知らずです」

「同盟国とはいえ、他国の軍隊に、こんな殺戮をやらせるのは無責任よ。そもそも殺しきれる数でもない。胸が痛むわ」

「他に手があればいいのですが……」

手は尽くしたが、あとは祈るしかなさそうだった。


土門は、水機団の戦いを見守っていた。教会を中心にして部隊が撃ちまくっている。すでに戦死者も出していた。負傷者多数。付近に向かわせたブッシュマスターは、あっという間に弾痕だらけにされた。

「ガル、制御崩壊って、計算は難しいのか？」

「昔は、工兵隊に計算させていたんだと思いますよ。今はＡＩがほぼ瞬時にやってのける。人間が介在する必要はほとんど無くなりました」

「今、飛んでいる奴に、それを命令できるのか？」

「出来ます。たとえば、ミサイルを撃った後に、目標が変わって、しかもその目標のビルを制御崩壊させて、一方向に倒すなり、その場で積木くずしさせるなりしたい時、ターゲットを覗いているドローンや衛星から得た情報で、まずターゲットのそこそこ詳細な3次元モデルを作る。メーカーは、自社サーバーのＡＩで似たような構造の建物を探す。つまり検索する。その設計図をね。それを元に更にＡＩが制御崩壊を計算して、ミサイルに進入角度や狙うポイントを命令します」

「そのミサイル・メーカーさんのデータが、この町にあったりするんだよな?」

「そうですね。ネットのダウンは、ある程度、事前に考慮されているとは思いますが」

「教会のあの尖塔さぁ、制御崩壊でラウンドアバウトの上に倒したいと思わないか?」

「えぐいこと思い付きますね。あれを十字路に倒せば、二方向からの車両をしばらく足止めできます」

土門は、再びモニターに顔を寄せて攻撃目標を指示した。

「制御崩壊に一発。それと、この南西のクリークに掛かる小さな橋、二箇所落とせば、後続を断ち切れるよな?」

「はい。それは良い着眼点です。自分もそれを考えていた」

「あと、原田君のところの北西角の農家。敵が集まりつつある。ここにも一発落として、最後の一発は、28号線だ。センターライン目掛けて落としてやれ」

「了解です。28号線を横切るクリークのトンネルの上に落とせば、事実上、橋を落とすのと同じ効果が得られます。目標変更と制御崩壊をリクエストします」

「これさ、どこでターゲット情報をミサイルに入れているんだ? 市ヶ谷じゃないよな?」

「どうでしょう。横田の総隊司令部か、あるいは輸送機の原隊ですかね。そこまで聞いてませんが」

「不謹慎だが、これで無駄にせずに済む」

「水機団に警告し、教会付近から退避させます」

上空で四〇分待機し続けたミサイルが、新たなターゲットに向けて降下を開始した。

水機団第3連隊第1中隊長の鮫島拓郎(さめじまたくろう)二佐が、

ブッシュマスター指揮車の後部キャビンで、ドローンの映像を見ていた。

近くで軽機関銃のエヴォリスが唸っていた。田口がぶっ放すエヴォリスだった。

榊一尉が現れると、鮫島は「後退する」と告げた。

「え？　戦死者まで出したのに？」

榊の小隊ではなかったが、すでに三名の戦死者を出していた。

「一時的な後退だ。ここの尖塔を制御崩壊させて、十字路を塞ぐそうだ。で、向かって来るルートも橋を何カ所か落とすそうだ」

「わかりました。あのエヴォリス、うちも買ってもらえますか？　ミニミなんて骨董品をぶっ放しているのがバカに見えます！」

「ああ、まあ、生き残ったらな。静かに後退させろ。28号線沿いだけは、車両を尖塔手前に戻すだけで良い」

「教会に負傷者を収容させていますが、どうしましょう。後送させるだけの人手はありませんが？」

「制御崩壊だ。教会側に倒れなければ問題ないだろう。信じる者は救われる……だ」

榊は、短い敬礼でその場を辞した。部隊全体のマガジンの残りを確認する必要がある。夜明けまでとてももちそうに無かった。

ＪＡＳＳＭ‐ＥＲ五発が、それぞれの目標へ向けて針路を取った。一発も目標を外すことは無かった。車一台ようやく走れる農道に掛かる橋ですら、目標を一メートルと外すこと無く命中した。

尖塔の制御崩壊も、計算した通りに、ラウンドアバウトに斜めに倒れる形で命中し、尖塔は十字路に倒れた途端に崩れて瓦礫の山を作った。

穴だらけになったＳＵＶの影に隠れた比嘉が、

その尖塔がゆっくりと倒れるシーンを見守っていた。

「罰当たりにもほどがあるな……」

「あの教会なら、ここにデータ・センターを置いている日本企業がそれなりの再建費用を寄付するさ」

　田口は、比嘉が背負うザックからエヴォリスのマガジン・ボックスを出して交換しながら言った。背後でオスプレイのローター音が聞こえてくる。

「スゲーな、エリちゃん。まじでオスプレイ調達してきてくれたよ！」

　V‐22〝オスプレイ〟二機に分乗した姜小隊が、メディカル・センターの前庭に着陸しようとしていた。

　原田は、銃撃戦が続く中で、メディック・バッグを持って施設の屋上へと出た。銃弾が激しく飛び交っている。頭を上げることは出来ず、メディック・バッグを押しながら匍匐前進した。

　タッカーの父親のトリーノ警備主任が、仰向けに寝て空を見詰めていた。雲が張っていたが、所々に星が見えていた。

　数メートル離れた場所で、レミントンを持ったケント・サビーノが倒れていた。同じように仰向け姿勢で、夜空を眺めているようにも見えた。首に、弾が入った跡があった。

　原田は、頸動脈に指を当てて、「残念ですが……」と告げた。

「ああ、良いんだ……。奴は、天国に行った。この町の99パーセントとして」

「お二人からは、強い絆を感じられた」

　トリーノは、それには答えなかった。

「奴ほど、この町の恩恵から縁遠い人生を送った男はいない。一番目立つ場所に、銅像を建ててやるよ……」

「下に降りて下さい。ここは危険です。ご遺体は後で回収しますから」

原田がメディック・バッグを引っ張ってそのまま後ずさりしようとした瞬間、遥か前方で何かが爆発した。それは、連続した爆発となった。ミズーリ州ホワイトマン空軍基地を飛び立った二機のB－2爆撃機が、Mk－82、五〇〇ポンド爆弾をJDAM化したGBU－38誘導爆弾を投下したのだった。

合計一六〇発もの誘導爆弾が、絨毯爆撃よろしくプランテーションに落下した。精確に五〇メートル間隔で落下した爆発から生き残った者はほとんどいなかった。破片を喰らわずに済んだ者は、爆風でバラバラに吹き飛ばされた。その死体の欠片は、住宅街まで降ったほどだった。

六千名からのアメリカ人が、アメリカ軍の攻撃で瞬時に亡くなった。それはここだけの悲劇では無かったし、これが最後でも無かった。

99パーセントの暴徒は、それを最後に、潮が退くように後退していった。

どこかの山肌に降下した宮瀬一尉は、位置発振器をONにして待った。遠くから、地鳴りが聞こえてくる。最初は雷鳴かと思ったが、轟音を発して真上を飛び去る何かに気付いて、それが爆撃だとわかった。

米軍が重い腰を上げてくれたなら良いが……。自分は帰ったら首だなと思った。航空学校に入り直して民航機のライセンスでも取るか、適当な相手を見付けて専業主婦になるかだ。

夜が明けると、銀色の胴体に、でかでかと日の丸を描いたオスプレイが飛んで来て、宮瀬を回収した。

原田一尉は、メディカル・センターに担ぎ込まれてくる負傷者の手当に奔走した。もちろん、さっきまで銃をぶっ放していた99パーセントのアメリカ人らもいた。むしろ彼らの方が数としては多かった。

戦闘が完全に終わったと判断された所で、チェイサーの面子が、アパッチ砦に残した私物を回収しに戻ってきた。

タッカーの父親が待っていた。

「俺のあのオンボロなピックアップ・トラック、流れ弾を五発は喰らっている。エンジンが掛からなかった」

「うちの母さんのを使ってよ。どうせ私は乗らないから」

とベッキーが提案した。

「みんな良くやってくれた！　しばらくは、親には昨夜のことは黙っててくれ。訴訟とか起こされかねないからな。車の心配なんて要らない。ＧＡＦＡＭはたぶん、新車が二、三台買えるくらいの報酬を君ら一人一人に出すぞ。それだけの貢献はあった。俺とキム中佐が出させる」

「あちこち、肉片が転がっている。千切れた腕、千切れた首、千切れた何か……。遺体収拾のバイトがあるよね」

「タッカー、しばらくは家から出るな。昨夜は凌いだが、ここはまだ奴らのターゲットだ。それと、ベッキー。これでお母さんの医療費も心配せずに済むだろう。まずそれをＧＡＦＡＭと交渉するよ」

「期待してます！」

ベッキーは、屈託のない笑顔だった。

州兵を乗せたトラックが駐車場に入ってきた。今頃かよ……、と全員がぼやいた。

最悪な一夜と犠牲を出した夜だったが、少なくともベッキーとその母親は救われた。それを記憶しようとトリーノは思った。

土門は、〝ジョー〟を呼んで連結し、隊員を交替で休ませていた。自身も、〝ジョー〟で淹れさせたコーヒーを飲んでいた。

姜二佐と、娘が〝メグ〟に乗り込んでくる。

「何でお前がいるんだ?」

「私は、ここにある日本企業のデータ・センターの無事を確認して本省に報告し、教会で救出された邦人やアジア系の皆様の避難の段取りを付けます。オスプレイでヤキマに運んでもらいますから」

「お前もオスプレイに乗っていたのか?」

「ええ。姜さんの隣に座ってましたよ」

「なんであんな物騒な飛行機に乗るんだ! ありゃそもそも飛んじゃならん危険な飛行機だぞ」

「しかし、この数の遺体の回収、どうするんでしょうね……」

姜がスキャン・イーグルの画像を見ながら漏らした。

「この辺りの畑はさ、この先何十年も、耕す度に骨が出てくるだろうな。それで、今年のジャガイモは、アメリカ人の血を吸い、肉や骨を養分にして育つ。でそれを、日本から派遣された検査員が見守る中、ここの工場で加工し、それは日本に輸出されて、われわれが食べるわけだ」

「止して下さいよ。明日からポテトと名が付く代物は食えなくなる……」

と待田がぼやいた。

ヴァイオレットも、同じ映像を見ていた。最後に、アリムラ大将をどやしつけたことが効いたようだった。

だがその惨状は凄まじい限りだ。爆撃するよう強硬に主張した自分の責任だった。カローデン・

ムーア……、なんて皮肉な暗号名だろうと思った。

ここはまさに、二一世紀のカローデン・ムーアになったのだ。勝利者は、もちろん99パーセントではなく、1パーセントの側の人間だ。彼らは、自分の手を汚すこと無く、自分たちの財産を守り抜いた。そしてまた、過酷な支配が始まるのだろう……。

エピローグ

テキサス州——。

ダラスから三〇〇キロ西に走ったアビリーンの郊外、元刑事の住宅で、二人のＦＢＩ捜査官が朝食を取っていた。

朝食と言っても、三日前のパンと、地元警察署内で配給された牛乳パックだけだったが。

ＦＢＩ本部とは全く連絡が取れない状況が続いていた。当面はダラス支局の命令に従うしか無かったが、ＦＢＩ本部からシリアル・キラーの捜査に出張してきた二人の捜査官は、蚊帳の外というか、忘れ去られた存在だった。

地元ケーブルＴＶ局の朝のニュース番組を見ているが、二言目には、テレビ放送を支障なく見られるのは、全米でここテキサスとハワイだけだと繰り返していた。

ダラス・フォートワース空港の火災鎮火と空港再開の目処に関して、朝一で発表しに記者団の前に出て来た州知事のカール・Ｆ・リヒターだったが、記者達の関心はそこには無かった。

もっぱら〝バトラー〟なる男に関してだった。知事は不快な顔で、質問に応じた。

「テロリストに名前を与える気はない。私は、いかなる文脈に於いても、南部連合が守ろうとしたものを容認することはない。だがまあ、われわれに語りかける時、ゲティスバーグを持ち出すのが妥当だとは思えないな」

不快な表情で語り出した知事だったが、最後は余裕で嘲笑ってみせた。

テレビもラジオも、朝から繰り返し、そのバトラーの演説を流していた。

ＦＢＩ行動分析課のベテラン・プロファイラー、ニック・ジャレット捜査官は、親子ほども歳の離れた新人プロファイラーのルーシー・チャン捜査官が文字起こししたその男の発言に関して、メモ帳の余白に、気が付いたことを小さな字で書き込んでいた。

身長一九〇センチもあるのに、彼が書く字は、どこか繊細だった。

「この男はやはり、サイコパスですか?」

とスウィートウォーター警察署の私服刑事ヘンリー・アライ巡査部長が尋ねた。

「いやあ、とんでもないよ。せいぜいが、自己愛性パーソナリティ障害だな」

「では、どんな男なのですか?」

「こういう時、われわれは、むしろそこにない情報は何か? と考える。彼は軍隊時代の話はしているが、自分が育った環境に関しては一言も話していないだろう。それが一つの鍵だな。それから、彼の文章の癖は、少なくとも哲学者や政治学者のそれではない。センテンスは短め。これはジャーナリストに近い。誰かに共感することはないが、誰かの共感や尊敬を得たいと思う欲求が非常に強い。アジテーターの資質はある。バトラーというニックネームにそれが現れている。執事というのは、その家の使用人を束ねて、全てを把握することをモットーとする。つまり彼は、自分はこの世の全てを網羅しているという自信を世間にアピールしている」

「軍隊にいたというのは事実？　それとも作り話？」

「事実だ。多少の誇張はあるだろうが、許される範囲内だろう。全体としては、凡庸な男だな」

「何者だと思います？」

「フレッド・マイヤーズ。ＵＣＬＡの政治学准教授だった。ウクライナでの戦争が始まって、彼が盛んにプーチンの擁護を始めた頃、ＬＡ支局から、プロファイルの依頼を受けた。最終的に、キャンセル・カルチャーに遭って大学から叩き出されたけどな」

「え？――」

　とチャン捜査官が驚いた。

「じゃあ、プロファイルに失敗したってことですよね？　こんな大それたことをしでかして、われわれはそれを事前に阻止出来なかった」

「いやいや、そんなことはない。誤解されているが、プロファイルは、誰かが重大犯罪に走る確率を推定するためのものではない。凡庸な男だよ。せいぜいが、言葉のペテン師(トリックスター)だ。政治家向きではあるだろうが。乱世には、こういう男が出てくるものさ」

　ヘンリーの携帯が鳴り、ヘンリーは携帯に出ながらその場を離れた。

「向こうは電気は止まり、携帯も通じない。ＬＡ支局の支援が得られるとは思えませんが？」

　とチャン捜査官が小声で言った。

「犯罪捜査に休みはないぞ。ここに留まっても、われわれに出来ることはもう無い。前進あるのみだ」

　彼らは、ＲＨＫ、リフォーム・ハウス・キラーと名付けられた親子二代に渡るシリアル・キラーを追っていた。その息子の方は、下院議員となり、次の大統領選挙への出馬が噂されていた。

ヘンリーが戻って来て、「飛べるそうです」と告げた。

「では問題はないな。君も来い。捜査協力要請がLA支局からあったことにしておく」

「行くしかないでしょうね。お二人だけで行かせられない」

とヘンリーは、チャンを見詰めた。チャンが一瞬、ぽっと頬を赤らめたが、ジャレットは気付かないふりをした。

「トシロー、君はどうする?」

「いやぁ、さすがに私は遠慮するよ。ここで家を守る。テキサスの平和もいつまで持つかわからないがな。意外に、カリフォルニアの治安が早めに回復して、こっちが停電するかもしれん」

ヘンリーの父親は、キッチンで洗い物をしながら首を振った。彼が、RHKの最初の報告者だった。

「前者は無いが、テキサスの停電はあるかもな。エアコンが止まったら地獄の暑さになるぞ。気を付けてくれ」

「朗報を持ち帰ってくれ。やばい大統領は、トランプ一人で十分だ」

ヘンリーが、「荷物を纏めてくるよ」と自分の部屋へと消えた。

「われわれの足に、水に、トイレに、食べ物……。何か一つでもあれば良いですが」

「アフリカの破綻国家に足を踏み入れるようなものだろうな」

ジャレット捜査官は、ワクワクしているという顔だった。チャンは、もちろん不安だったが、そういう騒乱の地を覗いてみたいという誘惑もあった。それにヘンリーもいてくれる。

「ニック、現地では、まず銃を手に入れるんだぞ。そこはたぶん戦場だ。バッジなんて何の安全も保証しない」

トシローが警告した。

「今度ばかりはそうするしかないな」

刻一刻と治安が悪化するロスアンゼルスから、人々は一歩でも遠くに脱出しようとしている時に、彼らは、容疑者が暮らすその街に乗り込もうとしていた。

そのアビリーンから更に西へ走ったスウィートウォーターでも、行動を起こそうとしている日本人家族がいた。

日本食レストランを経営するジョーイ・西山こと西山穣一（にしやまじょういち）は、ローンを組んだばかりのマイホームを、竜巻で瓦礫の山にされたばかりだった。自分の車も吹き飛ばされ、今は妻ソユン・キムが乗るヒュンダイしかない。

会社勤めをしていた頃、同僚だった仲間が、フロリダを脱出してこっちへ向かっているが、もちろん燃料は持たない。彼が走っている所は、携帯もほぼ通じない。

州境まで迎えに行くと約束した。このヒュンダイの燃料も、ダラスを超えて東の州境まで辿り着けるか怪しかったし、もちろん、帰りのガソリンが手に入る当ては全く無かった。

開店休業状態のレストランは若いバイトたちに任せて、二日で戻ると約束した。

食料、水。そして板前から借りたピストルを一挺持って息子の千代丸（ちよまる）、家族三人でスウィートウォーターを出発した。

ソユンは、もちろん大反対であらん限りの罵声を浴びせたが、そもそもソユンがジョーイに惚れた理由は、その一途な性格だった。呆れるほど楽観主義で、信じられないほどに、一途な性格だ。ローンが何十年も残ったマイホームが吹き飛ばされたのに、気にもしていなかった。

困った時は、同胞同士、助け合うしかないのだ！　この旅は、危険だが誇りある旅だ！　必ず成功させ、仲間を無事に連れ帰るとジョーイは誓った。

テキサスは、全米からの避難民で溢れかえっていたが、辛うじてまだ平穏を保っていた。電気も携帯もインターネットも、まだ繋がっていた。

全米に残された、そこは最後の奇跡の土地だった。


〈三巻へ続く〉

ご感想・ご意見は
下記中央公論新社住所、または
e-mail：cnovels@chuko.co.jpまで
お送りください。

C★NOVELS

アメリカ陥落2
——大暴動

2023年10月25日　初版発行

著　者　大石英司
発行者　安部順一
発行所　中央公論新社
〒100-8152　東京都千代田区大手町1-7-1
電話　販売 03-5299-1730　編集 03-5299-1930
URL https://www.chuko.co.jp/

DTP　平面惑星
印　刷　三晃印刷（本文）
大熊整美堂（カバー・表紙）
製　本　小泉製本

Published by CHUOKORON-SHINSHA, INC.
Printed in Japan　ISBN978-4-12-501472-2 C0293

東シナ海開戦 6

イージスの盾

大石英司

中国の飽和攻撃を防いだのも束の間、今度は中華神盾艦四隻を含む大艦隊が魚釣島に向けて南下を始めた。イージス艦“まや”と“はぐろ”、潜水艦“おうりゅう”はその進攻を阻止できるか⁉

ISBN978-4-12-501436-4 C0293　1000円

カバーイラスト　安田忠幸

東シナ海開戦 7

水機団

大石英司

テロ・グループによるシー・ジャック事件が不穏な背景を覗かせる中、戦闘の焦点はいよいよ魚釣島へ。水機団の派遣が決まる一方、中国からは大量の補給物資を載せた“海亀”が発進していた。

ISBN978-4-12-501439-5 C0293　1000円

カバーイラスト　安田忠幸

東シナ海開戦 8

超限戦

大石英司

水機団上陸作戦で多数の犠牲者を出した魚釣島の戦闘も、ついに最終局面へ。ところがその頃、成田空港に、ベトナム人技能実習生を騙る、人民解放軍の秘密部隊が降り立ったのだった——。

ISBN978-4-12-501441-8 C0293　1000円

カバーイラスト　安田忠幸

パラドックス戦争　上

デフコン3

大石英司

逮捕直後に犯人が死亡する不可解な連続通り魔事件。核保有国を震わせる核兵器の異常挙動。そして二一世紀末の火星で発見された正体不明の遺跡……。謎が謎を呼ぶ怒濤のＳＦ開幕！

ISBN978-4-12-501466-1 C0293　1000円

カバーイラスト　安田忠幸

表示価格には税を含みません

パラドックス戦争　下
ドゥームズデイ

大石英司

正体不明のＡＩコロッサスが仕掛ける核の脅威！乗っ取られたＮＧＡＤを追うべく、米ペンタゴンのM･Aはサイレント･コア部隊と共闘するが……。世界を狂わせるパラドックスの謎を追え！

ISBN978-4-12-501467-8 C0293　1000円　カバーイラスト　安田忠幸

台湾侵攻 1
最後通牒

大石英司

人民解放軍が大艦隊による台湾侵攻を開始した。一方、中国の特殊部隊の暗躍でブラックアウトした東京にもミサイルが着弾……日本・台湾・米国の連合軍は中国の大攻勢を食い止められるのか！

ISBN978-4-12-501445-6 C0293　1000円　カバーイラスト　安田忠幸

台湾侵攻 2
着上陸侵攻

大石英司

台湾西岸に上陸した人民解放軍２万人を殲滅した台湾軍に、軍神・雷炎擁する部隊が奇襲を仕掛ける――邦人退避任務に〈サイレント・コア〉原田小隊も出動し、ついに司馬光がバヨネットを握る！

ISBN978-4-12-501447-0 C0293　1000円　カバーイラスト　安田忠幸

台湾侵攻 3
電撃戦

大石英司

台湾鐵軍部隊の猛攻を躱した、軍神雷炎擁する人民解放軍第164海軍陸戦兵旅団。舞台は、自然保護区と高層ビル群が隣り合う紅樹林地区へ。後に「地獄の夜」と呼ばれる最低最悪の激戦が始まる！

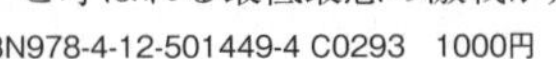
ISBN978-4-12-501449-4 C0293　1000円　カバーイラスト　安田忠幸

台湾侵攻 4
第2梯団上陸

大石英司

決死の作戦で「紅樹林の地獄の夜」を辛くも凌いだ台湾軍。しかし、圧倒的物量を誇る中国第２梯団が台湾南西部に到着する。その頃日本には、新たに12発もの弾道弾が向かっていた——。

ISBN978-4-12-501451-7 C0293　1000円　カバーイラスト　安田忠幸

台湾侵攻 5
空中機動旅団

大石英司

驚異的な機動力を誇る空中機動旅団の投入により、台湾中部の濁水渓戦線を制した人民解放軍。人口300万人を抱える台中市に第２梯団が迫る中、日本からコンビニ支援部隊が上陸しつつあった。

ISBN978-4-12-501453-1 C0293　1000円　カバーイラスト　安田忠幸

台湾侵攻 6
日本参戦

大石英司

台中市陥落を受け、ついに日本が動き出した。水陸機動団ほか諸部隊を、海空と連動して台湾に上陸させる計画を策定する。人民解放軍を驚愕させるその作戦の名は、玉山（ユイシャン）——。

ISBN978-4-12-501455-5 C0293　1000円　カバーイラスト　安田忠幸

台湾侵攻 7
首都侵攻

大石英司

時を同じくして、土門率いる水機団と“サイレント・コア”部隊、そして人民解放軍の空挺兵が台湾に降り立った。戦闘の焦点は台北近郊、少年烈士団が詰める桃園国際空港エリアへ——！

ISBN978-4-12-501458-6 C0293　1000円　カバーイラスト　安田忠幸

表示価格には税を含みません

台湾侵攻 8
戦争の犬たち

大石英司

奇妙な膠着状態を見せる新竹地区にサイレント・コア原田小隊が到着、その頃、少年烈士団が詰める桃園国際空港には、中国の傭兵部隊がＡＩ制御の新たな殺人兵器を投入しようとしていた……

ISBN978-4-12-501460-9 C0293　1000円

カバーイラスト　安田忠幸

台湾侵攻 9
ドローン戦争

大石英司

中国人民解放軍が作りだした人工雲は、日台両軍を未曽有の混乱に陥れた。そのさなかに送り込まれた第３梯団を水際で迎え撃つため、陸海空で文字どおり〝五里霧中〟の死闘が始まる！

ISBN978-4-12-501462-3 C0293　1000円

カバーイラスト　安田忠幸

台湾侵攻10
絶対防衛線

大石英司

ついに台湾上陸を果たした中国の第３梯団。解放軍を止める絶対防衛線を定め、台湾軍と自衛隊、“サイレント・コア”部隊が総力戦に臨む！　大いなる犠牲を経て、台湾は平和を取り戻せるか！

ISBN978-4-12-501464-7 C0293　1000円

カバーイラスト　安田忠幸

アメリカ陥落 1
異常気象

大石英司

アメリカ分断を招きかねない“大陪審”の判決前夜。テキサスの田舎町を襲った竜巻の爪痕から、異様な死体が見つかった……迫真の新シリーズ、堂々開幕！

ISBN978-4-12-501471-5 C0293　1100円

カバーイラスト　安田忠幸